박서련

철원에서 태어났다.
장편소설《체공녀 강주룡》과《마르타의 일》을 썼다.
'암흑의 한국문학 카운슬'의 일원,
'문학 플랫폼 던전'(www.d5nz5n.com)의 운영진.

KB109094

더
셜리 클럽

더

셜리 클럽

오늘의 젊은 작가 29

박서련
장편소설

민음사

차례

SIDE A

Track 01

‖

　발바닥에서부터 시작해 볼까요. 나 아무리 오래 걸어도 발바닥에 군은살 생긴 적이 없거든요. 적어도 한국에서는. 키에 비해 발이 커서 그런가? 발바닥에 가해지는 하중이 좀…… 안정적인 편이라고 해야 하나? 이것 때문에 놀림도 무지 많이 받았거든요. 발 크면 키도 크다던데 넌 어떻게 그렇게 컸냐고. 발 30밀리 덜 크고 키 3센티 더 크면 딱 160 되는데.

　가장 많이 달라진 게 뭔지 물었잖아요. 그때 발바닥 얘길 할걸 그랬다는 생각이 뒤늦게 들었어요. 생겼거든요, 군은살이. 근데 원래 다 이런가? 공장에서는 늘 장화를 신었어요.

출근해서 환복하고, 푸드 룸 들어가기 전에 사이즈 맞는 장화 찾아서 신는 식으로요. 늘 소독한다고는 하던데 모르죠. 처음엔 발바닥이 까지고 딱지가 앉더니 몇 주 되니까 딱딱하게 갈라지는 거예요. 뭐가 옳은 건지, 아니면 그냥 바람이 안 통해서 그런 건지. 굳은살이 맞긴 한가? 원래 이렇게 생기는 건가, 굳은살이라는 게? 그냥 뭐 딱딱하니까 굳은살이 맞지 않나. 사실 잘 모르겠어요. 이렇게 된 게 처음이라. 아프진 않아요. 근데 장화를 신고 있으면 좀 가려워요. 아니다, 가려웠어요. 딱딱해지고부터는 아무렇지 않아요. 그냥…… 이런 상태로 계속 일해도 되는 건가? 발바닥이랑 치즈 가공은 아무 상관이 없나? 나 말고도 다들 발바닥이 신경 쓰이지만 말 안 하고 참고 있는 건가? 이런 생각도 했고.

미안해요, 이런 얘기는 하나도 안 귀엽죠. 역시 얘기 안 하길 잘한 것 같기도 하고.

하지만 달리 무슨 말을 했어야 할까요?

내가 더 많은 비밀을 털어놓았다면, 뭔가 달라졌을까요?

11월 2일은 알 히즈라였다.

알 히즈라는 이슬람력 히즈라의 새해 첫날을 가리킨다. 11월 1일에 나는 발리 덴파사르 공항에서 호주로 가는 비행기를 탔다. 인도네시아 인구의 9할은 무슬림이고 발리 인구의 9할은 발리 토속신앙과 결합한 힌두교 신자라고 한다.

통계에 대해 잘 모르지만, 이런 걸 생각하는 건 재미있다. 1) 눈을 감고 마음속으로 동심원을 그려 본다. 2) 가장 바깥쪽에 있는 원을 짙은 녹색으로 칠한다. 이슬람 국가들의 여권 표지 색깔이다. 3) 그 안에 작은 동그라미를 하나 더 그리고 힌두교를 상징하는 주황색으로 채운다. 바깥쪽 원은 인도네시아를, 가운데의 작은 동그라미는 발리를 나타낸다.

4) 이제 가운데에 초록색 점을 하나 찍는다. 그건 택시 기사다. 발리 우붓에서부터 덴파사르 공항까지 태워다 준 사람. 그는 발리에서 스물여섯 시간 동안 마주친 사람들 중 유일한 무슬림이었다. 기사는 내게 그날이 히즈라의 마지막 날이라는 것, 그러므로 다음 날은 새해 첫날이라는 것을 알려 주고 택시비로 60달러를 받아 갔다. 당신에게 신의 축복이 함께하기를. 그는 이렇게 인사했지만 내겐 화답할 의욕도 정신도 없었다. 보딩 시간까지 간당간당했고, 모르긴 몰라도 60달러는

눈탱이를 맞아도 아주 쎄게 맞은 것 같았다. 전속력으로 공항을 가로질러 파이널 콜링을 외치는 승무원 앞에 뛰어들었다.

변변치 못한 야경이 시야에서 완전히 물러날 무렵, 무사히 이륙해 안전벨트를 풀어도 좋다는 사인을 보고서야 조금 진정이 되었고, 택시 기사가 들려준 이야기가 다시금 떠올랐다. 어떤 세계가 끝나고 다른 세계가 시작되는 이 순간 나는, 공중에 있다……라는 감각. 내가 미지의 대륙에 발을 디딜 새벽이 마침 어떤 세계의 첫날 새벽이기도 하다……라는 근사한 우연. 세계의 주인공이 된 듯했다.(그렇지 않다는 걸 굳이 일깨워주실 필요는 없습니다. 제가 그걸 모를까요?)

세계에서 두 번째로 살기 좋은 도시 멜버른. 축제의 도시 멜버른. 그해 11월 2일은 멜버른시와 빅토리아주뿐 아니라 오세아니아 대륙 전역을 통틀어 손꼽히게 큰 축제인 '멜버른컵 페스티벌'의 개막일이었다. 멜버른컵에 대해서라면 딱 두 가지밖에 할 말이 없다. 하나, 정말 큰 축제라는 것. 둘, 축제 기간 동안 사람들이 이상한 모자를 쓰고 다닌다는 것.

어쩌면 비행기에서부터 느낀 주인공의 기분을 계속 이어갈 수도 있었을 것이다. 처음 호주에 발을 디딘 날이 어떤 세계의 새해 첫날이고 그 도시에서 가장 큰 축제가 열리는 날이라는 건, 해석하기에 따라서는 이 세계가 나를 환영한다는 의미이지 않을까. 하지만 그런 해석을 유지할 만한 장치가 그 뒤로는 많지 않았다.

예약해 둔 호스텔은 멜버른 도심 서든크로스 역에서 도보 3분 거리에 있었다. 서든크로스 역은 멜버른 시티 공항버스의 도착지이기도 했다. 배차 간격이 촘촘해서인지 공항버스 탑승객이 많지 않았다. 그러니까 여기까지는 좋았다는 뜻이다. 기를 쓰고 찾아본 것도 아닌데 마침 내가 얻은 숙소가 공항버스 종착점 바로 옆이라는 사실, 비싼 티켓 값을 톡톡히 하는 쾌적한 버스, 그런 근사한 우연들이 앞으로도 자꾸자꾸 이어질 거라고 생각했다. 옆 차선으로 한 번도 본 적 없는 거대한 트레일러들이 아무렇지 않게 지나다녔기에 그것들이 전복되어 내가 탄 버스로 달려드는 장면을 떠올려 보기도 했다. 그럼에도 불안하지는 않았다.

서든크로스 역에는 오전 8시 반에 도착했다. 출근 시간대라서인지 원래 그런 것인지 오가는 사람들이 꽤 많았다. 차림새도 생김새도 다양한 사람들이 지나쳐 갔는데, 여자들은 대부분 모자를 쓰고 있었다. 모조 깃이나 보석 장식이 달린 화려한 미니 해트.

모자…….

나도 저 모자를 써야 하나? 호주 사람들은 원래 다들 저런 모자를 쓰고 다니나? 저 모자는 어디서 파는 거지? 우두커니 선 채 그런 생각을 하다 보니; 그러려던 것은 아니었는데,

모자로 가리지 않은 머리통의 가마가 점점 부끄러워졌다.

나중에 알게 된바 화려한 모자 쓰기는 멜버른컵의 전통 같은 것이었다. 외국인인 나로서는 경마 대회와 영국 전통 모자가 무슨 상관인지 이해하기 어렵지만…… 그런 식이라면 단옷날 그네는 왜 뛰는지 대보름에 부럼은 왜 깨무는지 같은 것도 이방인에게는 마찬가지로 난해할 것이다. 아마 색색의 화려한 모자로 잡귀를 물리치거나, 액운을 예방하거나, 그런 게 아니라면 최소한…… 재미가 있으니까 그러는 거겠지.

멜버른컵 기간에는 최고의 모자를 뽑는 대회도 열린다고 들었다. 경마는 됐고, 그 대회에 가 봤더라면 좋았을 텐데. 대회장의 모든 사람들이 각각 다르게 생긴 모자를 쓰고, 모자를 더 돋보이게 하기 위해 밋밋한 차림일 테니까, 멋진 모자가 숙주인 인간을 조종하는 것처럼 보일 것이다. 그 대회의 심사위원은 응당 모자여야 한다.(아무렴, 한낱 인간 따위가 감히 모자를 심사하다니 말도 안 되지.)

그런 근사한 모자가 내 정수리에는 없다는 사실에 약간의 박탈감을, 박탈감이라고 하면 너무 거창한 감정 같고, 사실은 그냥 좀 설명하기 힘든 아주 작은 슬픔을 안은 채로, 캐리어를 밀고 끌며 걸었다. 한번은 건너편에서 똑같은 빨간 미니 해트를 쓰고 똑같은 빨간 이브닝드레스를 입은 여자 넷이 서로서로 팔짱을 끼고 다가왔다. 크리스마스를 맞이한 볼링핀들 같았다. 내가 바로 볼링공이라고 상상하며 그 여자들 가운데를 28인치 캐리어와 함께 통과하고 싶은 강렬한 충동을 느꼈지만, 호스텔 건물 입구가 그 사람들보다 가까이에 있었다.

"체크인은 2시부터예요."

카운터 위에 달려 있는 시계를 쳐다보았다. 9시가 막 넘은 시간이었다. 2시? 14시? 그러니까 지금부터 다섯 시간 뒤?

"그렇지만 예약을 했는데요. 오늘부터 묵기로."

공항을 벗어나 영어로 말을 한 건 그게 처음이라서 맞게 말을 한 건지, 카운터 직원이 내 말을 알아듣는지 확신이 부족했다.

"2시부터 체크인이 가능해요."

직원은 손가락으로 내 뒤를 가리켰다. 로비에 여행객 두 명이 더 있었다. 한 명은 캐리어를 깔고 앉아 아이폰을 만지작거리고 있었고 다른 한 명은 배낭을 옆에 벗어 두고 기둥에 기대앉은 채 졸고 있었다. 기둥에 기대 있는 사람 머리통 위로 와이파이 아이디와 패스워드가 인쇄된 패널도 보였다.

"여기서 기다려도 되나요?"

직원은 대답 대신 비스듬히 손을 펼쳐 로비를 가리켰다.

"아니면…… 혹시 짐을 맡아 줄래요?"

"아뇨."

직원은 내 쪽을 보지도 않고 말했다. 너무 단호한 거절이어서, 별것도 아닌데 순간 움찔했다. 하긴 이 사람은 이런 부탁을 하루에도 몇 번씩 듣겠지. 누군가에게 이 말을 들을 때마다 10센트씩 벌금을 받는다면 금방 부자가 되겠지.

직원이 상주 중인 이상 로비에 캐리어를 두고 가도 도둑맞을 것 같지는 않았지만, 정말 두고 갈 만큼의 배짱은 아무래도 없었다. 다시 캐리어를 끌고 계단을 끙끙 내려와(다른 곳보다 여기 숙박비가 저렴한 이유를 이때 깨달았다.) 인근 통신사에서 현지 핸드폰 번호를 개통했다. 통신사 가입 환영 및 안내 메시지 몇 건에 이어 한국에서 보내온 이메일과 메시지들이 연달아 뜨는 통에 핸드폰이 계속 울렸다. 친구가 많은가 보군요. 가입을 도와준 직원이 연하게 웃으며 말했지만 대부분은 엄마한테서 온 메시지였다.

엄마는 물론이고 누구의 연락에도 답하고 싶지 않았다. 딱히 우울하지도 화가 나지도 않았지만, 그냥 그러고 싶지 않았다. 그러면 나는 뭘 하고 싶지? 생각에 잠긴 채 걷다가 빨간 트램이 지나가는 광경을 봤다. 멜버른 시내를 도는 35번 시티 서클은 공짜로 탈 수 있다는 이야기를 들었다. 트램이 지나간 길을 따라 조금 걷자 머지않아 트램 정류장이 나왔다. "당신은 무료 트램 구역 안에 있음(You're in the FREE TRAM ZONE)"이라는 안내판이 붙어 있었다. 10분 좀 넘게 기다렸을까, 아까 본 것과 같은 벽돌색 트램이 걷는 것보다는 빠르지만 전속력으로 뛰면 따라잡을 수도 있을 것 같은 속도로 와 내 앞에 섰다.

"당신, 그거 들고 탈 생각인가요?"

트램 운전사는 산타클로스를 연상시키는 사람이었다. 풍채가 좋았고 얼굴 절반을 덮은 희고 곱슬곱슬한 수염은 샴푸 거품처럼 보였으며 앙증맞은 안경이 코 위에 간신히 앉아 있었다.

"안 되나요?"

나는 트램 문턱에 한 발을 디딘 채로 물었다.

"어디까지 가지요?"

운전사의 간단한 질문을 제대로 알아듣지 못해 몇 번 되물었다. 웨얼 알 유 헤딩 포? (파든?) 웨얼 알 유 원 투 고? (쏘리, 파든 미?) 웨얼, 유, 고? 거울을 보지 않아도 얼굴이 점점 빨개지고 있음을 알 것 같았다.

"그냥 타고 싶어요."

잠깐이었지만 운전사는 분명히 인상을 썼다.

"사람이 많아서 안 되겠어요."

트램 창을 통해 수많은 눈과 근사한 모자들이 나를 내려다보고 있었다. 조금 주눅이 든 채로 물러났다. 문을 닫고 다시 출발하는 트램이 코너를 돌아 보이지 않게 될 때까지 나는 계속 그 자리에 있었다. 왠지 자꾸 거절만 당하는 것 같네. 그런 생각을 하며 호스텔로 돌아갔다. 로비에 사람이 좀 더 늘어 있었다. 모두 피곤해 보였다. 다른 사람들처럼 캐리어를 깔고 앉아 벽에 등을 기대고 꾸벅꾸벅 졸았다.

Ⅱ

표정은 본능일까요? 아니면 교육된 걸까요? 모든 문화권이 다 똑같은 걸까요? 어떤 나라에서는 장례식장에서 웃기도 한다잖아요. 그건 기뻐서 웃는 걸까요? 슬픈데 눈물을 흘리는 대신 웃는 걸까요?

표정의 책임은 절반 정도 그 표정을 짓는 사람에게 있고, 나머지 절반은 표정을 해석하는 사람에게 있다는 생각을 해요. 어떤 영화감독이 그런 실험을 했대요. 그 나라 국민 배우의 무표정한 얼굴을 클로즈업하고, 그다음 장면에서 인형을 안고 있는 어린이, 따뜻한 수프가 담겨 있는 그릇, 관 속에 누워 있는 여자가 차례대로 나오는 영상을 만들어 사람들에게 보여 줬대요. 관객들은 그 배우가 아이를 보고 흐뭇해한다고, 수프를 보고 배고파한다고, 죽은 여자를 보고 슬퍼한다고 생각했대요. 사실은 내내 똑같은 표정이었는데도. 딱 한 번 촬영한 무심한 얼굴을 각각 다른 상황과 연결해서 보여 준 것뿐인데도.

가끔 생각나요. 나에게 차가운 얼굴을 보여 준 사람들. 그렇지만 사실은, 그냥 내가 그렇게 생각하고 싶었던 게 아닐까. 사람들이 내게 냉담한 표정을 지었던 게 아니라 내 마음이 그런 게 아니었을까.

그냥 그렇게 생각해서라도 그 얼굴들을 잊고 싶은 건지도 모르지만.

▷

시티 서클 트램을 처음 타게 된 것은 그로부터 몇 주가 지나서다.

운이 좋다면 좋은 편이었다. 한인 워킹홀리데이 정보 사이트에서 서벌브, 그러니까 교외 지역 치즈 공장 일자리를 구했다. 구인 광고를 낸 공장 수퍼바이저가 셰어하우스도 운영하고 있어서 구직과 주거 문제를 한꺼번에 해결했다. 셰어하우스는 무조건 발품을 팔아 구해야 한다길래 하루에 한두 군데 정도 체크하며 느긋하게 알아볼 계획으로 호스텔 숙박 기간을 2주로 잡았는데, 일주일이 다 가기도 전에 이사를 가게 됐다. 문제는 호스텔에서 남은 숙박비를 환불해 주지 않으려는 것이었다. 그냥 나오기엔 억울했고 조목조목 따질 만큼 영어에 자신이 있진 않았으며, 본전을 뽑는답시고 숙소에 눌러 앉을 수도 없었다. 짐을 다 싸서 나오는데 역시나 빌어먹을, 뾰족한 계단 끝에 캐리어 바퀴가 계속 걸려 퉁명스러운 소음이 따라왔다. 계단참에서 잠시 캐리어를 세워서 끄는 사이, 시끄러운 소리가 멈춰서인지 문득 좋은 생각이 났다. 캐리어를 벽에 밀쳐 두고 두 계단씩 뛰어 로비로 올라갔다.

"남은 숙박비를 환불해 주지 않으면, 한국 사이트에 후기를 남길 거예요. 숙박을 취소해도 환불해 주지 않는 숙소라고. 앞으로 이 숙소에 한국인이 오는 일은 다신 없겠죠."

화가 나서 그랬는지, 더듬거리면서도 하고 싶은 말을 끝까지 했다. 카운터 직원은 나를 노려보며 어디론가 전화를 걸더니 남은 숙박비의 80퍼센트가량을 현금으로 주었다. 전날 저녁부터 씨름하던 문제가 말 한마디에, 순식간에 해결된 것이었다. 뭔가를 따져서 해결하는 경험은 한국에서 한국어로도 해 본 적 없었다. 기분이 아주 이상했다. 대단한 거금은 아니지만 적다고도 할 수 없는 돈을, 지폐 뭉치를 손에 꼭 쥔 채로 계단을 내려왔다. 캐리어는 얌전히 계단참 모서리에 놓여 있었다.

일은 쉽고 힘들었다. 누구든 하루면 배울 수 있고 숙련공이 필요 없는 단순노동이었지만 새벽부터 초저녁까지 일한

다음에는 녹초가 되고 마는 그런 종류의 일이었다. 딱히 돈을 엄청 벌고 싶어서라기보다는, 공장에서 88일 이상 일하면 호주에 1년 더 머무를 수 있는 세컨드 비자라는 것을 얻을 수 있다기에 열심히 했다.

공장 일자리를 소개한 수퍼바이저 겸 셰어하우스 마스터는 시티 북부에 있는 한인 교회에 다녔다. 주말마다 교회에 가는 김에 셰어 사람들을 시티까지 태워다 주곤 했다. 남부 서벌브에서 차를 몰아 북쪽으로 20분을 가면 사우스 뱅크를 지나 서든크로스 역이 나왔고, 서든크로스 역 사거리에서 우회전하면 멜버른 시청과 빅토리아 주립 도서관이 있는 스완튼 스트리트가 나왔다. 스완튼 스트리트에서 좀 더 위쪽으로 올라가 좌회전하면 전통시장 격인 빅토리아 마켓이 나왔고 그 주변에는 한인 마트가 있었다. 스완튼 스트리트와 수평으로 이웃한 러셀 스트리트에는 멜버른 차이나타운이 있었다. 시티 센트럴의 지리를 파악하는 데에 2주가 걸렸다. 핸드폰 지도 어플을 켜 보면 하루 걸음 수가 3만 보씩 찍히고는 했다.

시티 센트럴 주변은 늘 축제 중이었다. 축제를 하기에 더할 나위 없을 초여름이었고, 행복지수 세계 2위에 빛나는 멜버른 시민들은 축제를 하기에 좋을 핑계를 얼마든지 가지고 있는 듯했다. 덕분에 크리스마스도 아무렇지 않게 지냈다. 축제 중인 도시의 크리스마스는 그리 특별할 게 없었다. 깃발과 갈

런드가 트리나 리스로 바뀌고, 조명은 주광색이나 전구색에서 빨간색과 초록색으로 바뀌고, 이민자들 나라의 민요 대신 캐럴이 흘러나올 뿐.

　12월 31일 자정에는 야라강 일대에서 송년 불꽃 축제를 했다. 오후 9시쯤 하우스 마스터가 셰어 메이트들을 데리고 나갔다. 그게 다 무슨 소용인가 싶어서 혼자 집에 있겠다고 했다가, 뒤늦게 좀 아깝다는 생각이 들어 버스를 타고 나갔다. 마스터의 차를 타지 않고 스스로 시티로 가려는 시도를 해 본 건 그게 처음이었다. 몇 주 전 공장 면접을 보느라 탔던, 시티와 남쪽 서벌브들 사이를 오가는 버스 번호가 기억나지 않아 지난 검색 기록을 뒤져야 했다. 불꽃 축제 때문에 버스가 시티로 들어갈 수 없다는 말에 모든 승객이 사우스 뱅크에서 내렸다. 11시 30분이 좀 안 되었을까. 거기서부터 20분 정도 걸으면 시티로 진입하진 못해도 야라강이 보이는 데까지는 갈 수 있었다. 밤공기는 서늘한데 걷다 보니 땀이 나서, 그러니까 조금 추운 동시에 조금 더웠다. 마치 감기처럼. 내 몸이 아니라 멜버른 시티 전체가 가벼운 감기를 앓고 있는 것 같았다. 야라강으로 가는 길에 크라운 호텔이 있었고 크라운 호텔 앞에는 푸드 트럭 존이 있었다. 푸드 트럭 존을 지나면서 젤라토를 하나 샀다. 텐, 나인, 에잇, 초콜릿 코팅을 입힌 솔티드 캐러멜 맛 젤라토를 핥는 동안 사람들이 카운트다운

을 시작했다. 파이브, 포, 스리, 투,

해피 뉴 이어.

카운트다운이 끝나자 불꽃들이 날아올랐다. 홰를 치며 우는 새 소리 같은 것이 났다. 삐이…… 하는, 꼬리가 긴 울음소리였다. 그렇게 날아오른 불꽃들은 펑 소리를 내며 터졌기 때문에 새 같다는 생각을 한 게 곧 후회가 되었다.

불꽃들을 의식하지 않은 것은 아니지만, 내 시선은 대체로 땅에 있었다. 카운트다운이 끝나고 불꽃들이 터지기 시작할 때 사람들이 입을 맞췄기 때문이다. 야라강을 가로지르는 두 개의 다리 위에는 다리가 저 무게를 다 견딜 수 있을까 싶을 만큼 많은 사람들이 서 있었는데, 거기 있는 사람들이 전부 입을 맞추고 있었다. 마치 그게 규칙인 것처럼. 그러지 않으면 큰일이라도 나는 것처럼. 괜히 입을 가리고 싶은 충동을 억누르고 입 맞추는 사람들을 오래 쳐다보았다.

트램과 버스 모두 연장 운행 중이었지만 택시를 타고 셰어하우스로 돌아갔다. 주차장에는 마스터의 차가 있었고 셰어메이트들도 모두 돌아와 있었으며 불은 전부 꺼져 있었다. 방으로 들어가 누우려 하니 룸메이트가 반쯤 깨어 어디 갔었느냐고 물었다. 몰라, 그냥. 사실 뭐라고 대답했는지 잘 기억나지 않는데, 뭐라고 해야 할지 모르겠어서 아무 말이나 했으니 기억과 크게 다르지 않을 것이다.

*

    멜버른에 머무르는 동안 겪은 그 많은 축제 중 가장 기억에 남는 것은 아무래도 1월 마지막 주 주말의 멜버른 커뮤니티 페스티벌. 스완튼 스트리트를 점령한 퍼레이드의 행렬을 잊을 수 없다. 퍼레이드라고는 해도 어디까지나 일반인들의 행렬이어서 놀이공원만큼 화려하지는 않았지만, 참가자들이 모두 보통 멜버른 시민들이어서 더 기억에 남기도 했다. 놀이공원 마스코트가 계절 테마에 맞게 차려입고 마법의 마차나 거대한 파도 모양으로 장식한 1.5톤 트럭 위에서 춤을 추거나 손을 흔들며 지나가는 모습이야 뭐 그렇구나, 이 놀이공원은 테마를 이렇게 꾸몄구나, 하며 넘길 수도 있지만, 아무 이유도 없이 그냥 좋아서 취미로 빅토리아 시대의 신사처럼 차려입은 사람들이 앞바퀴가 뒷바퀴보다 세 배쯤 큰 클래식 바이크를 타고 지나가는 것을 아무렇지 않은 마음으로 볼 수는 없다. 말하자면 멜버른 커뮤니티 페스티벌 퍼레이드 구경은 멜버른에서 할 수 있는 모든 축제의 핵심 요약판을 보는 것과 같았다. 엄밀히 말해 내게 멜버른 커뮤니티 페스티벌이 가장 기억에 남는 축제인 이유가 그것만은 아니지만.(지금부터 하려는 이야기가 바로 그것이다.)

    「해리 포터」와 「닥터 후」와 「왕좌의 게임」 주인공처럼 차려

입은 코스튬플레이 동호회의 행렬 뒤 사리와 아오자이와 카프탄 같은 각 나라의 전통의상을 입은 이민자 모임이 지나갔다. 차이나타운의 대표들은 사자놀음을 선보였고 베트남 사람들은 여럿이 막대로 조작하는 용을 데리고 나타났다. 한복을 입고 북을 치는 사람들도 지나갔다. 소매가 긴 전통의상을 입은 다른 나라 사람들을 볼 때는 아무 생각도 들지 않았는데 한복을 입은 사람들을 보니 세상에, 정말 덥겠다, 하는 생각이 울컥 치밀었다. 왜 이런 생각이 들까 생각해 봤는데, 한국 사람들이 나오고서야 내가 이것을 '사람'의 행렬로 이해하게 된 것 같았다. 그 사실을 깨닫고 나니 거기 그대로 서 있기가 조금 부끄러워졌는데, 바로 그때 '더 셜리 클럽'이 나타났다.

어느 나라 사람들인지 모르겠지만 작은 심벌즈 같은 것을 치며 춤추는 사람들이 지나간 후였다. 썩 듣기 좋은 소리는 아니었기에 그들이 지나가면서 점점 조용해지는 것이 내심 반가웠지만 다음 행렬이 너무 느리게 나타나는 바람에 퍼레이드가 아예 끝난 게 아닐까 싶은 시점, 그런 애매한 간격을 두고 아주 천천히 나타난 사람들은, 할머니들이었다. 전통의상을 입은 것도 아니고 퍼포먼스를 하고 있는 것도 아니었다. 그냥 사람 좋아 보이는 할머니들이 느린 걸음으로 다가오고 있었다. 맨 앞 할머니 세 명이 테두리를 보라색으로 물들인 작은 현수막을 들고 있는 게 유일한 구경거리라 할 수 있었다. 너무 평범해서 오히려 눈길이 갔다.

더 셜리 클럽 빅토리아 지부.

자세히 보니 할머니들의 가슴마다 명찰이 달려 있었다. 셜리 J, 셜리 M, 셜리 O……. 그러니까 그 할머니들은 모두 셜리고, 셜리라는 이름을 가진 사람만이 가입할 수 있는 더 셜리 클럽, 그중에서도 빅토리아주 지부의 회원으로서 멜버른 커뮤니티 페스티벌 퍼레이드에 참여한 것이었다. 그 사실을 깨닫자 갑자기 가슴이 뛰기 시작했다.

내 이름도 셜리예요!

그렇게 외치고 싶은 마음을 대신해 큰 소리로 환호를 보냈다. 정말이었다. 잠깐 다닌 영어학원에서도, 더 짧게 일한 카페에서도 나는 셜리라는 이름을 썼고, 멜버른에서 만난 모든 사람에게 내 이름을 셜리라고 소개했다. 영미권 작명에 대한 감각이 별로 없는 사람들은 셜리라는 이름을 낯설게 여겼고, 그쪽에 좀 일가견이 있다 하는, 예를 들어 영어학원 원어민 강사 같은 사람들은 셜리라는 이름을 유감스럽게 여겼다. 제시카나 브리트니 같은 세련된 이름을 쓰는 게 어때요? 설희 씨. 본명하고 얼마나 비슷한지는 상관없어요. 그런 반응에 도리어 오기가 생겨 셜리라는 이름을 계속 쓰기로 한 것이었다.

내 환호에 화답해 어떤 셜리가 손을 흔들었다. 셜리 P, 안

경을 썼고 그 순간의 셜리들 가운데 제일 키가 작은 할머니였다. 나는 더 셜리 클럽을 따라 퍼레이드 진행 방향으로 걷기 시작했다. 구경꾼들 맨 앞에 서 있던 내가 그런 식으로 움직이자 여기저기서 불평이 터져 나왔고, 땀투성이인 인파를 뚫으며 걷느라 나도 힘들었지만 아랑곳하지 않고 꾸물꾸물 따라갔다. 설명하기 어려운 기쁨으로 마음이 출렁거렸기에 구경꾼들과 퍼레이드 참가자들 사이를 가르고 있는 간이 펜스를 넘어가 처음부터 더 셜리 클럽의 일원이었던 것처럼 함께 걷고 싶었다. 진심으로 그들과 친구가 되고 싶었기에 겨우 참을 수 있었다. 구경꾼 중 하나였던 내가 갑자기 행렬에 난입하면 소란이 일어날 테고, 운 좋게 소란을 일으키지 않고 행렬에 진입하는 데에 성공해 내 이름 역시 셜리라는 것을 클럽 사람들에게 전하는 데에 성공한다고 쳐도 그건 그날 하루, 그 순간의 멋진 추억에 그칠 테니까. 내가 원하는 것은 그보다는 좀 더 지속적인 관계였다. 글쎄, 공정하게 말하자면 그때 당장은 내가 어떤 마음으로 그러는지 그렇게 잘 알지도 못했지만, 무의식적으로나마 그 순간을 망치지 않기를 바라고 있었던 것 같다. 그래서 아주 조심스럽게 행동하려 노력했다.

노력과 별개로 퍼레이드가 끝날 무렵 나는 완전히 지쳐서 반나절 입다 벗은 셔츠처럼 쭈글쭈글해졌다. 구경꾼 맨 앞줄을 뚫으며 걷느라, 수억 명의 인간과 몸싸움을 벌이느라 땀을

3리터쯤 쏟은 덕이었다. 퍼레이드는 멜버른 시티 남부의 끝인 페더레이션 광장에서 해산했다. 나의 더 셜리 클럽은 현수막을 접고 플린더스 스트레이트를 따라 조금 걸었다. 어디쯤에서 끼어들어 어떤 할머니에게 말을 걸어야 클럽에 가입할 수 있을지 고민하며 뒤를 좇다 그들이 어떤 건물 계단을 올라 2층에 있는 가게로 들어가는 것을 보았다. 카페인가? 식당? 클럽 지부 사무실 같은 건가? 일종의 뒤풀이 같은 것을 하려는 참인가? 조금 망설이다 따라 들어갔는데, 할머니들이 모여 앉아 맥주잔을 부딪치고 있었다.

"셜리를 위하여!"

현수막을 들고 있던 세 할머니 중 가운데에 있던 셜리 H가 외쳤다. 저 사람에게 가입 문의를 하면 되려나? 바에 앉아 할머니들과 똑같은 맥주를 주문한 다음 동향을 살폈다. 뜻밖에도 그곳은 스포츠 펍이었고, 홀에는 스무남은 명의 셜리 말고도 손님이 조금 더 있었다. 손님들을 셜리와 논-셜리로 구분하는 방법은 간단했다. 할머니가 아니면 셜리도 아니었다. 물론 나는 논외였지만. 맥주를 받아 들고 적당한 자리를 찾느라 두리번거리는데 뒤에서 누가 내게 말을 걸어왔다.

"누굴 찾고 있어요?"

거의 완벽한 보라색 목소리였다.

어떤 소리는 색깔로 들린다. 특히 사람의 목소리에는 거의 항상 색깔이 있다. 그래서 사람이 많은 곳에서는 목소리들이 한데 뭉쳐서 새카맣게 된다.

나는 보라색을 가장 좋아했다. 내가 좋아하는 색이 보라색이어서 보라색 목소리를 좋아하게 된 것인지 보라색 목소리를 좋아해서 보라색이 마음에 들게 된 것인지는 잘 모르겠다. 아주 어릴 때부터 그랬기 때문이다. 보라색 목소리를 들으면 왠지 목이 마른 느낌이 든다. 말을 많이 하지 않아도, 심지어 내가 말하고 있는 게 아닌데도 목이 타는 기분. 그래서 나는 들고 있던 맥주를 4분의 1파인트 들이킨 다음에야 뒤를 돌아볼 수 있었다.

절대로 셜리가 아닐 것 같은 사람이 나를 보며 미소 짓고 있었다.

Track 02

||

기억해요? 몇 살쯤에 처음으로 이제 사랑에 빠질 준비가 됐어, 라는 생각을 했는지.

부모님이나 부모님 친구들이 아이를 놀리는 방식 있잖아요. 좋아하는 사람 있니? 유치원에서 제일 마음에 드는 애는 누구니? 어떤 아이들은 유치원에서도 연애를 한다고 하지만, 글쎄요. 싫어, 그런 건 생각도 하고 싶지 않아! 라고 하는 아이들이 아직은 훨씬 많을 거라고 생각해요. 왜냐하면 내가 그랬으니까. 내가 속한 쪽이 보통이라고 생각하고 싶은 게 당연하잖아요.

우리 아빠가 그랬거든요. 언젠가 너도 남자애랑 결혼하고 싶다고 하겠지, 그럼 아빠는 엄청 슬플 거야, 뭐 그런 말. 절대 안 해! 남자애 옆자리에 앉는 것도 싫은데 어떻게 결혼 같은 걸 해! 난 거의 그런 식이었고. 왜 그랬을까요, 그런 건 생각만 해도 부끄러워서 엄청 싫은 척하는 것밖에는 방법이 없었던 것 같아요. 쿨하게 반응하는 법을 몰랐다고나 할까. 그렇게 악을 쓰다시피 싫은 티를 내고 나면 어른들은 더 놀리고 싶어서, 그렇게 말하는 애들이 더 빨리 결혼하더라? 이런 식으로 말하고, 나는 늘 울었던 걸로 기억해요. 싫어, 싫어, 싫다니까, 하면서. 어른들은 나빴고, 나는 놀리는 보람이 있는 애였던 거죠.

좀 더 자라서 분홍색이 마음에 들기 시작했을 때도 과장해서 싫은 척했고, 처음 립글로스를 입술에 바른 날에는 입술이 터서 어쩔 수 없었다고 변명하고 다녔어요. 아무도 뭐라고 하지 않았는데도 말이에요.

어른스럽게 행동할 기회가 올 때마다, 나는 아직 그럴 나이가 아닌 것 같다고 생각했어요. 특히 사랑에 대해서. 돌이켜보면 그건 사실 나도 사랑에 빠져 보고 싶다, 라는 생각에 더 가까웠던 것 같아요. 사실 난 이제 사랑에 빠질 준비가 된 것 같아, 라는 생각은 아무도 안 하잖아요. 사랑에 빠지는 데에는 아무 준비도 필요 없으니까. 생각은 사랑에 빠진 다음에 해도 충분하니까.

　나도 알아요. 그런데도 준비하고 싶었던 거예요.

　이제 알겠죠, 내가 얼마나 사랑에 빠지고 싶어 했는지.

▶

　그러니까 그날 일어난 일을 시간 순서로 배치하면 이렇다.

　1월 마지막 주 일요일 이른 오후에 나는 멜버른 커뮤니티 페스티벌의 퍼레이드를 구경하고 있었다. 행렬 가운데에서 더 셜리 클럽을 발견했고, 가입하고 싶어서 그들을 따라갔다. 거기에서 S를 만났다.

　중요도순으로 나열하면 정확히 반대가 된다.

　돌아보기 전부터 그가 이곳 사람은 아니라는 것을 알았다. 억양이 매우 뚜렷해 인사 한마디만 해도 강세로 산을 그리는 듯한 호주인 특유의 말씨가 아니었다. 앞에서 뒤로 부드럽게 미는 듯한 억양이 보라색 목소리와 잘 어울렸다.

　돌아서서는 아, 음, 아, 음, 하고 한동안 더듬거렸다. 머리와 눈동자 색이 짙은 한편 눈 코 입이 꺼지고 솟은 낙차가 뚜렷해서 동양인 같기도 하고 서양인 같기도 했는데, 나보다 머리 하나는 더 크면서도 체격은 호리호리해서 여자도 남자도 아닌 것 같았다.

"혹시 한국 사람?"

S는 그 말을 한국어로 했다. 나는 잠시 멍하니 그를 쳐다보다가 고개를 크게 끄덕였다. S는 엄지와 검지 사이를 좁혀 내게 보여 주며 서툰 한국어로 말했다.

"아, 한국말 조금. 영어 해요?"

그제야 내가 아직 말을 한마디도 안 했다는 사실을 깨달았다.

"당신 한국어보다는 나을걸요."

사실이었다. 어느 모로 보나 내 영어 실력이 S의 한국어 실력보다는 나았다. 그 사실을 예의 바르게 전달하거나 농담으로 들리게 할 만큼의 실력은 아니라는 걸 말하고 나서야 깨달았지만.

"잘하네요."

내 싸가지 없는 영어 실력이 S를 웃게 만들었다.

우리는 바에 나란히 앉아서 이야기를 나눴다. 마치 원래 알던 사이처럼 스스럼없는 태도로(나는 그렇게 붙임성이 좋은 편이 아니어서 더욱 신기했다.) 처음 만난 사람들이 서로에게 궁금해할 수 있는 주제들로 대화했다. 나는 S의 이름이 S라는 사실과 플린더스 스트리트에 있는 카페에서 바리스타로 일하고 있다는 것을 알게 되었고, 내가 치즈 공장에서 일하는 설리인 것을 말해 주었다. S는 파독 한인 부부 사이에서 난 어머니와 영국인 아버지 사이에서 태어났고 뮌헨에서 자랐으며 나처럼 워킹홀리데이를 왔다고 했다. 이 펍에서 바이에른 뮌헨과 맨체스터 유나이티드의 경기를 본 이후 자주 들르게 되었다고.

"두 팀 중 어느 쪽을 응원했어요?"

"바이에른 뮌헨의 팬이지만, 가장 좋아하는 선수가 잉글랜드로 이적했어요."

축구에 대해 잘 모르는 내게도 그건 꽤 헷갈리는 상황처럼 들렸다.

"경기 끝날 때까지도 어느 쪽이 이겼으면 좋겠는지 마음을 못 정했죠."

"혹시 아직도 그래요?"

"그렇게 쉽게 끝날 고민이 아닌걸요."

바 안쪽에서 빈 잔의 광을 내고 있던 사람이 고개를 절레절레 저었다. S는 이 펍의 사장이 뮌헨 출신이라고 귀띔했다.

나는 한국인 부부 사이에서 태어났고 조부모와 증조부모도 한국인이었던 것 같다고 말했다. 사실 축구에는 큰 관심이 없지만 나야말로 이 펍에 꼭 와야만 하는 이유가 있었다고 덧붙였다.

"지금 이 펍에 있는 모든 여자들의 이름이 셜리라고요?"

S는 무척 재미있어했다.

"네. 사실 제 한국 이름은 설희지만. 설. 희."

영미권 사람들이 한국어의 받침 개념과 이름 두번째 음절의 히읗 발음을 어려워한다는 설명을 영어로 하고 싶었지만 너무 어려워서 포기했다. 대신에 본명을 몇 번 힘주어 발음했더니 S는 몇 번 따라 하다가 와, 무슨 말인지 알겠어요.(Gosh, I got what's your point.)라고 하며 웃었다.

"그럼 더 셜리 클럽에 가입하려고 이 펍에 왔다는 거네요."

"맞아요."

"누구한테 가서 얘기하면 돼요? 아까 건배사 했던 할머니가 캡틴인가?"

S의 말을 듣자 내가 그새 클럽 가입에 대해서는 거의 잊어버리고 있었다는 사실이 상기되었다. 내 정신이 어디에 가 있었는지가 너무도 명백해서 얼굴이 확 달아올랐다. S는 맥주잔을 들고 자리에서 일어났다.

"따라와요."

S는 셜리 H의 테이블로 나를 데려갔다. 당황스러웠지만 거부할 이유도 방법도 없었다.

"안녕하세요. 이 아가씨가 클럽 가입을 원한다고 해서 데려왔습니다."

셜리 H는 눈을 가늘게 뜨고 나와 S를 번갈아 쳐다봤다.

"이 아가씨 이름도 셜리예요."

노부인은 미심쩍던 표정을 한층 누그러뜨렸다가 고개를 갸웃 기울였다.

"셜리?"

"네, 여기 계신 숙녀분들하고 이름이 같죠."

"하지만……."

나는 셜리 H가 하고 싶은 말이 뭔지 짐작할 수 있었다. 셜리라는 이름은 유행이 한참 지나 버려서 1970년대 이후에 태어난 아이들에게는 붙이지 않는 것이었다. 한국 이름으로 치면 '자'나 '숙'으로 끝나는 이름보다도 더 오래된 느낌. 클럽의 회원이 전부 할머니인 까닭은 가입 조건에 연령 제한이 있어서가 아니고, 셜리라는 이름을 가진 아기가 태어나지 않은 지 너무 오래된 탓. 더 셜리 클럽 빅토리아 지부에서 퍼레이드에 참여한 사람이 전부 백인인 것도 비슷한 이유일 게 뻔했다. 셜리라는 이름이 유행한 것은 오스트레일리아 대륙에 유색인 인구가 늘어나기 한참 전의 일이었던 것이다. 그런데 웬 젊은이, 젊다 못해 어린 동양 여자애가 그게 제 이름이라고 하면 곧이곧대로 받아들이기 어려운 것도 당연하겠지. 이해할 수 있었다.

"……들어와도 별 재미는 없을 텐데요."

셜리 H는 내 짐작 속의 이야기를 구구절절 늘어놓는 대신 짧게 말했다. 단호하고 기품이 느껴지는 말씨였다. 거절이겠지, 이건.

"전 벌써 재미있는데요. 이 아가씨가 숙녀분들과 함께하고 싶어서 여기까지 따라왔다는 게."

S가 대신 대답했다. 이 사람은 뭘 안다고 이렇게 싱글벙글 웃고 있는 거지.

"그런데 이 셜리는 아무 말도 안 하고 있는걸요? 말해 봐요, 셜리는 멜버른에서 계속 살 계획인가요?"

셜리 H는 영주권을 의미하는 단어, '퍼머넌트'를 써서 물었다. 셜리 H의 말이 옳았다. 클럽에 가입하고 싶고, 가입할 자격이 조금이라도 있는 사람은 나인데, S에게만 의지해서는 안 됐다. 게다가 오늘 처음 본 사이인데.

"아뇨, 잘 모르겠어요."

나는 아무 악의도 느껴지지 않는 셜리 H의 작은 눈, 그 눈에서 나오는 맑은 눈길을 되받아 보며 대답했다. 셜리 H는 그런 눈길로 나를 잠깐 바라보다가 핸드백에서 수첩과 만년필을 꺼냈다.

"메일 주소를 적어 주겠어요? 클럽 가입 여부를 알려 줄 테니."

혹시 이 짧은 눈싸움이 통과의례 같은 거였나?

내가 건넨 메일 주소를 보고 셜리 H는 드디어 살짝 웃음을 보였다. 구글 아이디 가운데에 셜리라는 이름이 들어가서 그런 것 같았다. 지금까지는, 약간은, 내 말이 거짓말일 거라 의심하고 있었는지도 몰랐다.

"아가씨 이름은 왜 셜리인가요?"

순간 말문이 탁 막히는 느낌이 들었다. 물론 셜리는 내 '진짜' 이름이 아니라서 여권으로도 공장 급여 명세서로도 증명할 수 없었다. 내 이름이 셜리라는 증거는 어디에도 없는 셈이었다.

"그건 설명하기 어려워요."

나는 아주 조심스럽게 말을 골랐다.

"그렇지만 제 이름은 누가 지어 준 게 아니고 제가 선택한 거니까, 설명할 수 있어야겠죠."

셜리 H의 아주 가는 분홍색 입술이 부드럽게 미소 지었다. 나는 깊이 숨을 내쉬며 대답했다.

"확실히 말할 수 있는 이유는 두 가지예요. 첫째, 제 한국 이름과 발음이 굉장히 비슷하다는 것. 둘째, 셜리라는 이름은 사랑스럽다는 것."

셰어하우스 들어갔을 때 제일 신기했던 건…… 사실 다 알고 들어가서 딱히 신기한 게 없을 줄 알았거든요. 최악의 셰어 후기, 그런 거 검색해서 도미토리처럼 거실에만 여덟 명 있는 집이라든가, 진짜 안 씻는 셰어 메이트 목격담, 바퀴벌레 얘기, 그런 거 눈이 빠지도록 보고 들어가서 그런지 평범하게 둘이 쓰는 방은 그냥 천국 같았어요. 아 맞다, 나랑 방 같이 썼던 셰어 메이트는 별로였을 수도 있겠다. 난 너무 편했는데. 그 언니랑은 꾸준히 연락해요. 어디서 무슨 일 하는지. 그쪽은 어떤지. 한국 가서도 연락하고 지낼 것 같아요. 하긴, 언니는 한국 안 가고 영주권 코스 탈 거라고 했는데 그럼 역시 계속 연락하고 지내긴 어려우려나.

또 삼천포로 샜네. 제가 이래요. 원래 하려던 얘기랑 한참 떨어진, 거의 아웃백이랑 필립 아일랜드만큼 떨어진 얘기 줄줄 늘어놓고 아 맞다, 무슨 얘기 하려고 했더라? 하는 거. 밴드 잠깐 할 때 오빠들이 저한테 천사라고 했어요. 착해서나 예뻐서가 아니라…… 맨날 삼천포라고 놀리길래 그 말 좀 그만하라고 했더니, 며칠 안 그러다가 새로 별명을 지어 온 거 있죠. 삼천사라고. 왜냐하면 삼천 더하기 포(four)는 3004니까. 유치하죠? 삼천사, 삼천사 하다가 제가 또 그거 별로라고 하니까 천사라고 하더라고요. 그때부터는 딱히 뭐라고 안 했어요. 그 천사가 그 천사는 아니라고 해도 삼천포보다는 듣기 좀 나은 것 같아서.

맞다. 삼천포 사람들은 삼천포라는 말 싫어한대요. 그들에겐 거기가 고향이거나 삶의 터전일 텐데, 다른 사람들은 본론과 동떨어진 딴소리를 자기네 동네 이름으로 부르는 거잖아요. 나 같아도 기분 나쁠 것 같아요.

아무튼 그래서, 셰어하우스 막 들어갔을 때 신기하다고 생각했던 게 뭐냐면…… 세탁기였어요. 세탁기 처음 본 사람도 아닌데 왜 신기했냐면 버튼이랑 레버마다 한글이 새겨진 LG세탁기여서. 내가 여기까지 와서 LG세탁기를 쓰다니? 라는 느낌 있잖아요. 나중에 물어보니까 셰어 마스터 철학이 그렇더라고요. 뭐든지 모터 달린 기계는 LG가 세계에서 제일 잘 만든다는 거. 제 의견은 아니에요.(나 이걸 왜 변명하고 있지?)

근데 세탁기 돌릴 때마다 코끝이 찡해지는 거 있죠. 얘는 나보다 훨씬 무거울 테고 스스로 입국 수속도 할 줄 모를 테니까 엄청 힘들게 여기까지 왔겠구나. 그런 생각이 들어서요. 그런데 왔구나. 여기에 있구나. 열심히 하고 있구나.

"누구랑 그렇게 톡해?"

나는 황급히 핸드폰을 뒤집었다. 룸메이트는 애초에 이쪽을 보고 있지도 않았다. 스탠드를 켜 두고 탁상용 거울을 보며 마스크팩을 붙이고 있었다.

"비밀?"

"아니, 그런 게 아니라."

핸드폰을 도로 뒤집어 S에게 이제 자야겠다는 메시지를 보냈다. 베개 옆에 핸드폰을 두고 똑바로 누웠는데 징, 하고 알림이 왔다.

Sleep tight, Shirley. :)

응, 당신도 잘 자요. 돌아누워 한 번 더 답장을 보냈다. 핸드폰 액정으로 밝혀 놓았던 지름 한 뼘 정도의 범위가 곧 어둠에 녹아 사라졌다.

"생전 안 그러던 애가 하루 종일 핸드폰만 보고 있네. 누구냐니까?"

"랭귀지 익스체인지."

거짓말은 아니었다. S는 독일어는 물론 영어도 잘했지만 한국어는 아주 조금밖에 못했다. 대화 도중 한번은 내가 영어를 좀 더 잘하고 싶다고 했고 한참 뒤에 S도 한국어를 좀 더 잘하고 싶다고 했다. 헤어지기 직전에 우리는 번호를 교환했다. 메시지를 주고받는 동안 S는 영어로, 나는 한국어로 대화했다. 언어 실력 향상을 위해서라면 반대로 해야 할 것 같지만, 서로 자신 있는 언어를 쓰는 쪽이 편하긴 했다.

"남자야?"

"아니."

"여자?"

"아니."

"대충 대답하지 말고."

"대충 아니거든, 아무튼 아냐."

룸메이트는 스탠드를 끄고 자기 침대로 가 누웠다.

"우리 순진한 셜리, 언니처럼 남자 잘못 만나서 좆 되면 안 되는데."

"그런 거 아니라니까."

고작 두 살 차이면서 세상 물정 다 아는 척하기는. 십중팔구 벽을 보고 누워 있을 룸메이트의 등을 째려보다가 나도 벽을 향해 돌아누웠다. 징, 하고 한 번 더 핸드폰이 울렸다.

"작작 좀 하라고 해."

룸메이트는 잠이 묻어 있는 목소리로 불평했다. 나는 대답하지 않고 슬쩍 핸드폰 화면을 확인했다.

Pizza 좋아해요?

S에게서 처음 받은 한국어(가 섞인) 메시지였다.

ll

열일곱 살 때 『서양 철학사』를 읽었어요. 한국에서는 보통 인문 전공 대학생들이나 보는 책이에요. 학교에 안 다닌다고 무시당할까 봐 일부러 좀 어려워 보이는 책만 들고 다니던 때였거든요. 딱 고대 그리스까지만 읽고 덮었어요. 그 뒤로 두어 번 더 도전했는데 매번 고대 그리스까지만 보고 말았어요. 그래도, 그래서, 고대 그리스 철학은 조금 잘 아는 것 같아요. 나 너무 뻔뻔한가?

아무튼, 고대 그리스에 파르메니데스라는 사람이 있었대요.(영어로는 어떻게 발음하지?) 그 사람의 사상을 한마디로 요약하면 이래요.

있는 것은 있고, 없는 것은 없다.

이상한 말이죠?

아주 적은 단어들을 반복해서 만든 말인데 의미는 전혀 단순하지 않잖아요. 존재는 존재하고 비-존재는 비-존재한다. 이걸 이해하고 싶어서 이 부분을 여러 번 반복해서 읽었어요. 읽다 보니 왠지 말 자체가 멋있다는 생각도 들어서 내 마음대로 바꿔서 써 보기도 했고.

생각한다는 생각.

노래한다는 노래.

일기 쓴다는 일기.

말한다는 말.

갖고 싶은 건 갖고 싶다.

싫은 건 너무너무 싫어.

이런 이야기까지 하다니, 새삼 부끄럽네요. 나도 알아요, 이런 말들이 파르메니데스가 했던 말의 원래 의미하고는 엄청나게 거리가 멀다는 거. 그런데 이런 말들을 떠올리는 동안 내가 어떤 사람인지 더 잘 알게 되는 느낌이 들었어요. 나는 갖고 싶은 걸 정말 가지고 싶어 하고 싫어하는 걸 싫어하는 사람, 정확히 그런 사람이니까.

이런 식이니 고대 그리스 뒷부분을 읽을 수 있을 리가 없죠.

애초에 철학사책을 집어 든 동기부터가 글러 먹었잖아요? 아, 서양 철학사를 너무 공부하고 싶다, 가 아니라 '서양 철학사를 공부하고 싶은 나'가 되고 싶다, 그런 마음에 가까웠으니까. 그 둘은 언뜻 비슷해 보이지만 사실은 전혀 비슷한 마음이 아니거든요.

내가 이런 사람이라는 걸 당신한테 설명하고 싶어요. 이런 생각을 하는 사람이라는 걸.

설명하기 어렵지만, 하고 싶은 말이 정말 많아요.

▶

한동안은 선택에 대해 아주 열심히 생각했다.

그 전까지는 내가 아주 잘 지내고 있다고 믿었다. 나는 정말 잘 지냈다. 세계에서 두 번째로 행복한(이 말은 도대체가 몇 번을 해도 질리지를 않는다.) 도시인 멜버른을 선택했고, 공장에 들어가기 위해 호스텔을 뛰쳐나올 것을 선택했으며, 친절하고 인정 넘치는 셰어 마스터가 운영하는 셰어하우스의 2인실에서 룸메이트와 함께 살 것을 선택했다. 전부 내 마음에 꼭 들었고, 모든 선택은 연결되어 있는 것처럼 느껴졌다. 그 선택들이 잘못되었다는 생각을 처음으로 하게 된 것은 S 때문이었다. 내가 사는 서벌브는 시티에서 너무 멀리 떨어져 있어서 주말이 아니면 S와 만날 수 없었다. 내가 기꺼이 했던 선택들이 더는 마음에 들지 않게 되는 건 기분 나쁜 일이었다. 분노

나 슬픔과 달리 후회는 울어서 씻어 낼 수 없었다.(솔직히 눈물이 나지도 않았다.) 하지만 S를 만난 것 또한 누적된 선택들의 결과였다. 나는 퍼레이드 구경을 선택했고, 더 셜리 클럽을 따라 펍에 들어가기를 선택했고, 그보다 좀 더 오래전에 셜리라는 이름을 선택했다.

그럼 결국 내가 셜리라서 S를 만날 수 있었다는 거야?

생각이 여기에 이르면 앞서 하던 모든 나쁜 생각들은 흐려지고 기분이 좋아졌는데, 시간이 조금 흐르면 처음의 자책부터 모든 생각이 되풀이되었다.

이름 얘기가 나왔으니 말이지만 셜리 H, 해먼드 할머니로부터 메일이 온 것은 수요일 저녁이었다. 마침 룸메이트는 야간 근무로 늦는 날이어서 별 고민 없이 S에게 전화를 걸었다.

"클럽에서 연락이 왔어요."

"와! 뭐라고 쓰여 있어요?"

S의 목소리가 한층 더 밝은 보라색으로 들렸다.

"음…… 안 된대요."

"왜요?"

"워킹홀리데이 비자여서 그런가 봐요. 언젠가 한국으로 돌아가야 하는데, 한국 지부는 아직 없다고 하네요."

굳이 조사해 보지 않아도 알 수 있는 사실을 진지하게 써 놓은 문장을 소리 내서 읽자니 왠지 웃음이 났다.

"한국 지부 만들어 버려요. 셜리가 만들면 되잖아요."

"말도 안 돼."

"셜리는 할 수 있어요."

"안 그럴래요."

"왜요? 클럽에 가입하고 싶다면서."

"왜냐하면…… 정식 가입은 안 되지만 임시 명예 회원으로 받아 준다고 해서요."

S는 큰 소리로 웃었다.

"임시-명예-회원이라니, 그런 게 어딨어?"

"그러게요."

사실 나는 S를 생각하고 있었다. S와 친구가 되었으니까 더 셜리 클럽에 들어가지 못해도 괜찮다는 생각을.

S에게 해먼드 할머니의 메일을 마저 읽어 주었다.

"대신에 가입비랑 회비는 안 내도 괜찮대요. 그래도 베이킹이나 크로셰…… 크로셰가 뭐지? 그런 모임을 할 때 재료비는 내야 하고."

"크로셰는 뜨개질(knitting)이에요. 축하해요. 상심했을까 봐 피자 사겠다고 하려고 했는데."

"그래도 피자는 사 주세요."

"이 아가씨 안 되겠네. 일요일에 피자 가게에서 봅시다."

전화를 끊고는 눈을 꼭 감고 침대 위를 데굴데굴 굴러다녔다. S에게는 그렇게까지 기쁘지 않은 것처럼 말했고 나 스스로도 그렇게 믿고 있었지만, 통화가 끝나니 갑자기 손끝과 발끝이 간질간질하고 따뜻해졌다.

임시-명예-회원이라지만 더 셜리 클럽의 일원이 된 이상, 더 셜리 클럽의 모든 셜리들이 내 친구가 된 것이나 다름없었다. 한꺼번에 100명도 넘는 친구를 사귄 셈이었다.

목요일 오전에는 포장 파트에서 일하는 부인 하나가 나를 보고 갔다. 할머니라기에는 조금 젊고 아주머니라기에는 조금 나이 든 느낌에 키가 아주 큰 사람이었는데 그 사람도 셜리라고 했다. 소문이 참 빠르구나 생각하며 악수하려고 손을 내밀었는데 키가 큰 셜리가 나를 덥석 안아 버렸다.

"오, 악수로는 부족하지. 부족하고말고."

작업복끼리 스치며 종이 구겨지는 소리를 냈다.

"만나서 반가워요, 뉴 셜리."

그럼 나는 저도요, 올드 셜리, 라고 해야 하나? 나보다 키가 훨씬 큰 사람에게 안겨 있자니 약간 숨이 막히면서 어쩐지 어린애로 돌아간 듯 나른한 기분이 들었다. 뭐라 답을 해야 할 텐데, 하는 생각은 들었지만 으므으, 하는 멍청한 소리를 내는 것 말고는 아무것도 할 수 없었다.

"잘 알겠지만, 우리 셜리들은 재미를 놓치지 않죠."

키가 큰 셜리는 윙크를 두 번 연속으로 하고 콧노래를 부르며 돌아갔다. 내가 뭘 안다는 거지? 놓치지 않는 재미란 뭘 뜻하는 거지? 궁금한 게 한두 가지가 아니었다.

Track 03

▶

    일요일 아침에는 일찍 일어났다. 그러고 싶어서 알람을 맞춰 뒀는데, 알람이 울리기 3분 전쯤 눈이 번쩍 뜨였다. 씻고 방으로 돌아오니 룸메이트가 일어나 있었다.

    "언니, 드라이기 써도 돼?"

    "오, 드라이기도 쓸 줄 알아?"

    룸메이트는 잠이 덜 가신 얼굴을 하고서 피식 웃었다. 하긴 늘 저녁에 머리를 감고 자연스럽게 마르도록 두는 편이어서, 드라이기는 한국에서도 별로 쓴 적이 없었다.

    "어디 좋은 데 가나 봐, 안 하던 짓을 다 하고."

치즈 공장에서는 모자를 써도 머리카락에 치즈 향이 스미는지라 저녁마다 머리를 감는 것이 자연스러운 일이었다. 룸메이트는 물론 셰어 메이트들 전부가 같은 공장에서 일하는 형편이기에 다들 웬만하면 퇴근하자마자 머리를 감았다. 그중 드라이기를 쓰지 않는 사람은 나 하나뿐이었다.

"그런 거 아냐. 몰라, 그냥 안 빌려줘도 돼. 나갈 때쯤엔 마르겠지."

"아니, 누가 안 된댔냐. 무슨 말을 못 하겠네."

룸메이트가 씻는 동안 드라이기로 머리를 말렸다. 드라이기를 켰다가 끈 5분 남짓 사이에 다른 셰어 메이트들도 깨어났는지 거실 쪽이 조금 소란해졌다. 드라이기 모터 소리를 한참 들어서일까, 낡은 토스터기가 식빵들을 튕겨 내는 소리가 희미하게 들렸다.

아침으로 팀탐을 먹었다. 한 갑을 까서 룸메이트하고 절반씩, 우유와 함께. 셰어하우스에서는 우유를 공짜로 줬는데, 아침마다 2리터들이 두 통씩이 순식간에 비었다. 6인용 식탁에 일곱 명의 젊은이들이 앉아 우유 위주로 아침 식사를 하니 4리터로는 부족할 때도 종종 있었다.

"평양냉면 먹고 싶다."

"뭐야, 입맛 떨어지게."

누군가 생각 없이 꺼낸 말에 룸메이트가 화를 냈다. 아침으로 먹기에는 너무 단 초콜릿 과자를 입에 가득 문 채 한국 요리 얘기를 들었으니 그럴 만했다.

"한국 식당에서 팔지 않아요? 꽤 큰 가게 있잖아요. 대장금 인가? 아무튼 그 차이나타운 근처에 있는 데."

"안 가 봤고 앞으로도 안 갈 것 같고 거기서 파는 게 진짜 평양냉면일 거라는 생각도 안 든다."

"진짜 평양냉면 가짜 평양냉면이 어디 있어, 평양 옥류관 가서 먹어 본 것도 아니면서."

셰어하우스가 있는 동네는 정말 별 볼 일 없는 곳이어서 주말에는 다들 마스터를 따라 시티로 나가고 싶어 했다. 룸메 이트는 플린더스 레인에 있는 시립 도서관에 매주 들렀고 4인 실 멤버들은 주로 쇼핑을 다니는 눈치였다. 딱히 할 일도 목 적도 없이 시티에 가는 사람은 나뿐인 것 같았다. 이번 주에 는 달랐다. 6인용 테이블에 앉아 있는 일곱 명의 계획 중 가 장 근사한 건 내 것이었다. 내게는 약속이 있었다. 누군가 이 에 대해 물어봐 주었으면 좋겠다는 생각이 들었지만, 물어봐 도 대답해 주지 않을 것이었다.(그런데 정말로 식사가 끝날 때까 지 셜리는 어디 갈 거냐고 아무도 물어봐 주지 않아서 조금 섭섭하긴 했다.)

시티에 도착한 건 만나기로 한 때보다 세 시간은 이른 9시 무렵이었다. 뭘 하면서 기다릴까 고민하다 시티 서클 트램을 타고 한 바퀴 돌았다. 플린더스 레인에서 내려 약속 장소인 서든 크로스 역까지 걸었는데도 시간이 남아서 역 앞 카페에 들어갔다. 무심코 과일주스를 시키려다가 마음을 바꿔 플랫 화이트를 마셔 보기로 했다.

"셜리!"

이럴 땐 뭐라고 해야 하지? 메뉴를 고심해 고르느라 몰랐는데 카운터에 서 있는 점원이 바로 S였다. 한국어로 엄마 깜짝이야, 라고 할 뻔한 것을 간신히 참았다. 근처 카페에서 일한다더니 그게 여기였구나.

"셜리는 내가 있는 곳을 늘 정확하게 아네요."

S는 재미있다는 듯 말했지만, 나를 스토커 같은 것으로 생각하는 것은 아닐까 걱정이 되었다.

"몰랐어요. 맹세해요."

나는 정색했고 S는 웃었다.

"잠깐만 기다려 줘요. 곧 퇴근하거든요. 마실 것 만들어 줄까요?"

"네. 따뜻한 플랫화이트로 주세요."

"곧 피자 먹어야 하니까 숏 사이즈로 줄게요. 괜찮아요?"

"네."

내가 마실 커피 사이즈를 왜 자기 마음대로 고르지? 말한 대로 곧 점심시간인 데다 아침도 우유와 과자로 때운 터라 커피로 배를 채우고 싶지는 않았지만.

"얼마예요?"

"주고 싶은 만큼 주세요."

S는 커피머신을 작동시키면서 대답했다. 지갑을 들고 있던 손이 민망해졌다.

"이따 피자도 사 준다면서요. 커피 정도는 제가 사 마시게 해 줘야죠."

"공짜 아니에요. 저한테 한 입만 주면 돼요. 그럼 제 커피나 마찬가지잖아요. 이 커피 하우스는 직원들한테 커피를 무료로 주거든요."

이상한 사람이네, 정말. 나는 테이크아웃 컵에 따뜻한 우유를 붓고 있는 S의 뒷모습을 보면서 생각했다. 카운터에 'Tip jar, Thnx :)'라고 쓰여 있는 유리병이 있길래 지갑에 남아 있던 동전을 대충 털어 넣었다. S가 내민 플랫화이트는 커다란 하트 모양 라테아트가 장식되어 있었다.

"저쪽에 있는 사람들한테는 비밀로 해 주세요. 저 사람들한테는 돈을 받았거든요."

"저 사람들이 누군데요?"

"피자 원정대요.(The Fellowship of the Pizza.)"

S가 가리킨 구석 자리에 젊은이 셋이 앉아 있었다. 저 사람들은 S의 친구들이겠구나. S와 단둘이 만나는 게 아니었다

는 점에 안도와 실망을 동시에 느꼈다.

왜 안도하고 실망했을까?

약속 시간까지 너무 오래 혼자 있느라 그랬는지 엄청나게 긴장이 되었고, 긴장이 지나쳐서 내가 별로 재미없는 사람이라는 걸 S에게 들켜 버리면 어떡하나 걱정이 되던 참이었다. 적어도 친구들과 함께 있으면 좀 더 오래 나를 재미있는 사람으로 착각해 줄지 모른다는 생각이 들었다. 스포츠 펍에서 더 셜리 클럽과 함께 있었던 날처럼.

그렇다면 단둘이 만나는 게 아니라고 실망할 이유가 없었다. 실망감이 든 건 착각이 아니었지만(이때는 이유를 몰랐다. 스스로마저 속여 가며 모른 척하려던 게 아니라, 정말로!) 나는 뚜렷한 안도감에 집중하기로 했다.

한데 아직 정식으로 소개받은 것도 아니고, 붙임성이 좋은 편은 더더욱 아니어서 테이블로 가야 할지 그대로 카운터 앞에서 S가 퇴근하기를 기다려야 할지 망설이고 있는데, S의 친구들이 먼저 나를 발견하고 손을 흔들었다. 어색해서 죽을 것 같았지만 그쪽으로 가지 않을 수가 없었다.

"당신이 셜리겠군요. 저는 피터라고 해요. S의 룸메이트."

피터와 피터 오른쪽에 앉은 사람은 테이블 위로 손을 잡고 있었다.

"린다예요."

연인인 듯한 피터와 린다 말고 나머지 한 사람은 나에게 그다지 관심 없는 듯했다. 나를 보고 있지도 않았다. 보고 있지 않은 게 아니라 안 보이는 척하는 것처럼 느껴지기까지 했지만, 아무래도 과한 생각 같아서 빨리 털어 내려 애썼다.

"저, 이쪽 분은."

그제야 마침내 시선을 맞출 수 있었던 그 사람은 내가 살면서 목격한 사람 중에서 제일 예뻤다. 얼굴을 똑바로 보여 주기가 아까워서, 아니면 마주치면 눈이 멀어 버리기라도 할까 봐 일부러 딴청을 부리고 있었다고 해도 그냥 믿어 줄 수 있을 것 같았다.

"……도라."

이름을 듣고 조금 웃었던 것 같기도 하다. 사실 잘 모르겠다. 표정을 제대로 제어할 수 있는 상태도 아니었고, 어떤 표정이었는지 기억할 만큼 나 자신에게 관심이 있지도 않았다. 디즈니 아티스트가 공주 캐릭터 디자인을 할 때 이 사람을 보고 그렸다고 해도 믿을 수 있을 만큼 예쁘게 생긴 사람인데 내가 어릴 때 보던 영어 교육용 애니메이션 주인공 이름을 가지고 있다는 게 좀 귀엽다고 생각했다.(전 세계가 그 이름을 알고 있는데 나라고 별수 있을까.) 미안하지만 다시 떠올려 봐도 웃음이 날 만한 상황인 것 같다.

아마 나는 확실히 웃었을 것이다. 그 증거로 도라의 얼굴이 살짝 구겨졌다. 세상에서 제일 죄송한 기분이 들게 만드는 차가운 얼굴이었다. 퍼뜩 정신이 들었다.

"미안해요. 이름이 귀여워서……."

사과를 하면서도 이게 아닌데 하는 생각이 들었다. 도라의 표정도 그렇게 말하고 있는 듯했다. 자기는 할머니들이나 쓰는 이름을 하고서 뭐가 어째?

"맞아, 사랑스러운(a-dora-ble) 이름이야."

"교육적이기도 하고."

불난 집에 기름을 붓듯 피터와 린다가 끼어들었다. 나는 그만 울고 싶어졌다. 도라가 자리에서 벌떡 일어났다. 엄청 화가 난 것 같아서 눈을 질끈 감았다 천천히 떴는데, 도라는 내 뒤를 보고 있었다. 퇴근해서 유니폼을 벗고 나온 S와 인사를 나누려던 것이었다.

"다들 벌써 자기소개 다 한 건가요? 어색해할까 봐 빨리 나왔는데."

아, S에게 뭐라고 하면 좋지. 내가 자기 친구들하고 친해질 수 있을 거라 확신하고 같이 놀자고 한 걸 텐데.

"우리 벌써 친해졌어요. 봐요."

도라는 갑자기 나를 자기 쪽으로 돌려세우더니 내 어깨 위로 자기 머리를 들이밀었다. 이건 또 뭐지. 아무리 외국이라지만 초면에 포옹으로 인사하는 건 아무래도 익숙지 않았고,

아무리 외국인이라지만 내게 그런 인사를 건넨 건 같은 공장의 키 큰 셜리밖에 없었다. 한 주 만에 두 번이나 그런 일이 일어난 것이다. 그렇다고 썩 나쁜 느낌은 아니어서 잠자코 있었는데,(그렇게 예쁜 사람과 포옹할 기회가 누구에게나 흔히 찾아오지는 않을 것이다.) 그 찰나와 같은 포옹 중에 도라가 내 귀에만 들릴락 말락 한 작은 소리로 속삭였다.

"너 같은 부류(your kind) 내가 알지. 잘 알아."

뻣뻣하게 굳은 채로 도라에게서 놓여났다. 다른 사람들은 아무것도 눈치채지 못한 것 같았지만 나는 도라의 말에 대해 생각하느라 한참 넋이 나가 있었다.

우선 말투. 영어에는 존대가 없다고들 하지만 그건 반말이 따로 없다는 말도 된다. 그래서 영어로 대화할 때 어떤 사람의 말은 자연스럽게 존대로 받아들여지고 어떤 사람의 말은 아무래도 반말처럼 느껴진다. 꼭 존대가 좋고 반말은 나쁘다는 건 아니지만, 나와 그리 가깝지 않거나 아예 처음 보는 사람들뿐인 이곳에서는 당연히 존대로 들리는 쪽이 나를 더 존중하는 걸로 느껴진다. 도라가 내게 속삭인 말은 백번을 다시 생각해도 반말 같았다.

그리고 뭣보다, 너 같은 부류라니. 그게 대체 어떤 부류인데? 나도 내가 어떤 부류인지 모르겠는데 도라가 어떻게 그걸, 그것도 잘 안다는 거지?

'잇 피자(Eat Pizza)'는 야라강이 보이는 곳에 있는 테이크아 웃 전문 피자집이었다. 피자 원정대는 이미 이 가게에 여러 번 와 본 듯이 각각 한 판씩을 능숙하게 주문했다. 린다는 카프 리치오사, 피터는 아다나케밥, 도라는 페리페리치킨. 내가 피 자 고르기를 어려워하자 S는 어차피 사 주기로 했으니 자기에 게 맡기라고 한 다음 스윗프라운앤핫초리조를 L사이즈로 주 문했다. 따끈따끈한 피자 박스를 하나씩 안고 나와 강변 잔디 밭에서 나눠먹었다. 피자는 아주 맛있었다. M사이즈 세 판에 L사이즈 한 판이면 많을 줄 알았는데 도우가 얇아 괜한 걱정 이었다. 피터는 이게 제대로 된 이탈리안피자라고 했고, 린다 는 피자만 이탈리안이라고 했다. 피자 가게 사장님은 아무래 도 이탈리아 사람 특유의 영어 억양을 흉내 내는 호주 사람 같다고. 도라는 피자를 먹다 말고 배가 부르다며 벌렁 드러 누웠다. S가 잡아 주길 바라는 것처럼 한 손을 S에게 뻗은 자 세로. 도라가 S를 좋아하는구나. 깊이 생각하지 않아도 알 수 있는 사실이니 그만 생각하고 싶었는데, 짜증스럽게도 자꾸 만 생각은 그쪽을 향했다.

"동양인은 정말 인디언 앉기(indian sitting)를 잘하네요."

문득 피터가 그렇게 말했고 나를 향해 한 말인 것을 깨닫 지 못해서 조금 늦게 반응했다. 인디언 앉기?

"그 앉은 자세 말이에요."

아, 양반다리 말인가. 그러고 보니 S는 양 무릎을 십일자로 세워 앉은 채였고 린다와 피터는 나처럼 다리를 교차해 엑스자로 만들기는 했지만 무릎이 지면으로부터 한참 떠 있었다. 이걸 인디언 앉기라고 부르는구나. 요가 자세 비슷한 거라고 생각해서 그런가?

"어릴 때부터 이렇게 앉아서 익숙해요. 편하긴 한데 아주 오래 유지하긴 힘들어요. 그리고 뼈에 안 좋다고 들었어요."

골반이 영어로 뭔지 몰라서(까먹었다거나 떠오르지 않았다고 하고 싶지만 아무래도 원래부터 모르던 단어였다.) 내 골반을 가리키며 말했다. 평범하게, 할 만한 말을 했다고 생각했는데, 갑자기 린다와 피터가 동시에 합장을 했다.

"역시 아시안."

그게 어떻게 그렇게 되지? 약간 당황한 채로 S를 쳐다봤는데 S 역시 당황한 것처럼 보였다.

"너무 아시안 스테레오 타입에 대한 얘기 같은데."

"진짜 아시안은 앞머리 몇 가닥이 자주색이어야 하지 않아? 내가 본 영화에선 다 그렇던데."

S는 수습하려고 한 것 같았지만 누워 있던 도라가 끼어들면서 다시 흐름이 나빠졌다.

"「클라우드 아틀라스」에 나오는 그 여자처럼 말이지."

린다가 맞장구를 쳤다. 그럼 뭐 영화에 나온 게 진짜 아시안이고 지금 여기 앉아 있는 나는 가짜 아시안이란 건가. 자기들이 무슨 말을 하고 있는지 알기는 할까, 이 사람들? 설마 그렇다면 아까 도라가 말했던 '너 같은 부류'라는 건 인종을 뜻하는 거였나?

"우리 할머니 할아버지가 가짜 아시안이었다는 말인가요?"

S가 웃음기를 조금 거둔 채 말했다. 늘 보라색이던 목소리가 군청색에 가까워졌다. 그럼에도 S가 완전히 정색한 것은 아니어서 분위기가 얼어붙지는 않았다. 화제가 자연스럽게 넘어갔다. 지난주에 피터와 린다가 시티 남부에 있는 세인트 킬다 해변에 다녀왔다는 이야기. 도라가 일하는 호스텔 이야기. 피터는 S의 룸메이트고 피터는 헝그리잭에서 일하는 린다를 보고 반해서 데이트를 신청했으며 린다는 도라와 같이 살며 일도 함께 하는 친구라는 이야기.(아마 S를 좋아하는 도라의 마음을 눈치채고 둘이 이어 주려고 더블데이트처럼 자주 어울려 다녔겠지.) 호주에서 제일 가 보고 싶은 여행지에 대한 이야기. 나는 아주 조금씩 수다스러워졌다. 몇 번은 내 말에 다들 웃음을 터뜨리기도 했다. 심지어 도라까지도. 서너 번 정도만 내 의도대로였고 나머지는 나로서는 대체 뭐가 웃긴지 모를 지점에서 터진 웃음이었지만 일단 외국어로 누굴 웃겼다는 생각에 의기양양해져서 그냥 함께 웃었다.

스완튼 스트리트로 걸어가서 대만식 디저트 가게에서 망고

빙수를 먹고 헤어졌다. 도라가 한국에선 이런 거 못 먹어 봤냐며 아닌 척 이죽거렸다. 여긴 호주고, 여기서 아시안 디저트를 파는 게 더 신기한 일이며, 같은 아시아인 한국엔 이런 것쯤 당연히 널리고 깔렸다고 해 주었다. 일단 하려던 말은 그거였지만 영어 실력이 조금 부족해서 본래 의도보다는 약간 더 상냥하게 말해 버렸을지도 모른다.

Ⅱ

만약에 우리가 오래된, 게다가 할머니들로만 가득 찬 스포츠 펍이 아니라 클럽 같은 곳에서 만났다면 어땠을까요. 나보다 예쁘거나 똑똑하거나 멋지게 차려입었거나 성격이 좋거나…… 그런 사람이 엄청나게 많은 클럽 말이에요. 만약 그랬다면 당신, 나한테 눈길 한번 안 줬을 거라고 생각해요. 확신해요.

이런 식의 '왓 이프'를 떠올려 보는 일에 큰 의미가 있을까요?

클럽 같은 곳에서 만날 일은 없긴 하죠. 나는 그런 곳에 안 가니까. 그렇지만 나는 원래 스포츠 펍에 가는 사람도 아닌걸요.

나는 운명론자는 아닌 것 같아요. 우리 둘을 만나게 한 우연에 어떤 의도가 있었을 거라고 믿는 거, 그게 운명론이겠죠. 그 의도를 믿지는 않지만 궁금하긴 해요. 왜 우리는 만났을까? 이 만남에 의도가 있다면, 어떤 의도였을까?

어째서 당신이 나를 발견하게 했을까?

▶

주말에 할 일이 생기면 평일이 더 길게 느껴진다는 사실을 깨달았다. 원래는 늘 혼자 쏘다니며 보내던 주말이 공장에서 일하는 평일보다 지루했다. 그 많은 축제와 곳곳의 명소가 무색하게도.

돌아온 토요일에는 처음으로 더 셜리 클럽의 친목회에 참석했다. 페스티벌에서 내게 손을 흔들어 줬던 셜리 P, 페이튼 할머니의 초대였다.

모임은 아가일 광장 근처에 있는 페이튼 할머니의 집에서 열렸다. 모임 시작 시간이 셰어 마스터가 교회 가는 시간보다 일러서(토요일 예배는 저녁 시간대라 셰어 마스터의 차도 오후 3시쯤에나 출발했다.) 버스를 타고 시티에 가 트램으로 갈아탔다. 트램에서 내려 걸어가는 길에 핸드메이드 마켓이 열렸길래 작은 병에 들어 있는 수제 잼 세트를 샀다. 페이튼 할머니가 좋아해 줄까.

셜리 페이튼 할머니의 집은 아담하고 근사했다. 흰 울타리와 잘 가꾼 정원을 지나 현관 앞에서 심호흡을 하고 벨을 눌렀다.

"누구시죠?"

"안녕하세요, 셜리예요."

"어머, 나돈데."

농담인가? 웃어도 되는? 이윽고 격자무늬에 여러 개의 원을 겹쳐 그려서 꽃처럼 보이는 선을 따라 금색 도료를 심은 유리문이 열리고 페이튼 할머니가 나왔다. 할머니는 한국인 치고도 키가 큰 편이 아닌 나보다도 주먹 하나쯤 더 작았다.

"와 줘서 고마워요, 일찍 왔군요."

응접실에서 기다리는 동안 셜리가 세 사람 더 왔다. 페이튼 할머니와 나를 포함해 총 다섯 명의 셜리가 모였다. 원래 멜버른 커뮤니티 페스티벌 참여를 포함한 큰 연간 행사들을 제외하면 주로 동네 단위의 소소한 친목 모임 위주라고 했다. 페이튼 할머니는 계속 똑같은 농담으로 손님을 맞았다. 누구시죠, 셜리라고요? 나도 그래요!(So am I, me too, me either!)

페이튼 할머니는 각자에게 뜨거운 차를 가득 부어 준 뒤 3층짜리 쟁반에 과자와 빵을 가득 담아 내왔다. 이런 것을 처음 보는 나는 물론, 처음 보는 것도 아닐 다른 셜리들도 탄성을 내질렀다. 이런 것을 바로 애프터눈 티세트라고 한다는 것을 대화 도중 눈치챘다.

"몇 가지는 사 온 것이지만 나머지는 다 내 솜씨예요. 특히 스콘하고 마들렌은 자신 있지요."

페이튼 할머니는 내가 선물한 잼을 함께 내놓았고 모두들 나를 칭찬해 주었다. 어쩐지 우쭐한 느낌이 들었다.

대화는 주로 할머니들의 취미 생활과 가족 이야기여서 그렇게 재미있지는 않았지만 모두들 계속 내 의견을 물어보고 내가 무슨 말을 하든 웃어 주었기 때문에 그렇게 나쁘지도 않았다. 빵과 과자가 너무 맛있어서 쉴 새 없이 집어 먹고 차도 엄청나게 마셨다. 나 때문에 페이튼 할머니는 뜨거운 물을 더 내와야 했는데, 내가 물어보기도 전에 화장실 위치를 슬쩍 알려 주곤 윙크를 하며 나갔다.

화장실에 다녀와서는 응접실로 바로 돌아가는 대신 부엌에 들렀다. 마침 주전자에서 김이 오르고 있었다.

"무슨 일이지요?"

"도와드릴 게 없나 해서요."

"오, 아니에요. 나는 누가 내 주방에 참견하는 걸 싫어해서."

듣고 보니 방해하지 않는 게 나을 것 같기도 했지만, 그대로 돌아가는 게 좋을지, 페이튼 할머니를 기다렸다 함께 가는 게 좋을지 헷갈렸다. 페이튼 할머니는 내 생각을 눈치챈 듯이 쇠 주전자에서 도자기 주전자로 물을 옮기며 말을 건넸다.

"셜리로 살기(Being Shirley)는 어떤가요?"

"아직 잘 모르겠어요. 설희로 살기랑 셜리로 살기가 그렇게 다르진 않은 것 같은데요."

나는 히이 하고 히읗 발음을 강조해 내 원래 이름을 불러 보았다. 할머니는 소리를 내지 않고 입꼬리만 당겨 웃었다.

"그래요?"

"그래도 셜리가 되길 잘한 것 같아요. 다른 셜리들을 이렇게 많이 만날 수 있어서요."

페이튼 할머니는 도자기 주전자를 주방용 카트에 얹고 천천히 밀었다. 나는 할머니를 따라 느리게 걸었다.

"그런데 클럽의 다른 분들이 저를 어떻게 생각하실지 모르겠어요."

"왜요? 우리가 너무 하얀 늙은이들이라서?"

느닷없는 직구여서 당황했지만 틀린 말은 아니었다. 아무 말도 할 수 없었다. 페이튼 할머니는 응접실 앞에서 멈춰 서더니 내 어깨를 끌어 낮추어 속삭였다.

"왜인지는 나도 잘 모르겠지만, 난 그날 당신이 내게 손을 흔들었을 때, 당신이 셜리인 걸 한눈에 알아봤어요. 다른 셜리들도 아마 그랬을걸요."

모임은 5시쯤 끝났다. 페이튼 할머니는 현관에서 마지막에 나오는 나를 배웅하며 이런 말도 했다.

"내가 이런 모임을 자주 주최하지는 않지만, 셜리는 아마 주말마다 갈 곳이 있을 거예요. 다들 '리틀 셜리'를 궁금해하거든요. 그리고 우린 누가 뭐래도 재미, 맛있는 것, 친구(Fun, Food, Friend)를 최고로 치는 사람들이니까."

빵과 차를 너무 많이 먹고 마셔서 저녁은 걸러도 될 것 같았다. 배도 부르고, 셰어 마스터가 시티로 돌아오기까지는 시간이 한참 남아 있어서 시티 센트럴로 천천히 걸어가기로 했다. 시티 센트럴에 도착하고도 기운이 남아서 플린더스 스트리트까지 또 걸었다. 플린더스 스트리트에서 S가 일하는 카페 앞을 지나쳤다. 사실은 그냥 지나치지 않고 S가 있는지 없는지 확인하려고 기웃거렸다. S는 없었다. 일할 시간이 아닌 모양이었다. 나는 S에게 전화를 걸었다. S는 내가 토요일에 페이튼 할머니의 집에 방문한다는 것을 알고 있었다.

"잘 다녀왔어요? 어땠어요?"

"좋았어요. 페이튼 할머니는 할머니 공주 같았어요."

S는 할머니 공주라는 말을 듣고 크게 웃었다. 전화기를 입가에서 멀리 떨어뜨리고 웃는 듯했지만 웃음소리는 또렷하게 들렸고, 그 소리를 듣고 있으니 눈앞에서 보라색 꽃이 마구 피어나는 것 같은 느낌이 들었다. S는 한참 만에야 웃음을 그

쳤다.

"내일은 뭐 해요?"

"몰라요."

"만날까요?"

"몰라요."

"갑자기 물어봐서 미안해요. 주말에 일하는 시간이 바뀔 수도 있었거든요. 결과적으론 바뀐 게 없는데, 그래도 확정되기 전에 물어볼 수가 없어서."

"그런 게 아니라……"

걷다 보니 어느덧 야라강이 보이는 공원에 다다라 있었다. 나는 벤치에 털벅 앉았다.

"다른 일 있어요?"

"아뇨."

"저번에 많이 불쾌했어요?"

"네."

S와 나는 계속 메신저로 대화를 나눴지만 지난 일요일에 대한 얘기만큼은 교묘하게 피해 왔다. 나는 기분 나쁜 티를 내고 싶지 않았고, S도 그걸 알고 굳이 얘기를 꺼내지 않는 것 같았다. 그래도 언젠가 이 이야기를 해야 한다면 그날 기분이 안 나빴던 척은 하지 말아야지, 굳게 다짐한 터였다.

"친구들을 나쁘게 말해서 미안하지만, 또 만나고 싶지는 않아요."

"이해해요."

"내가 어쩔 수 없는 나의 부분을 가지고 놀림받는 기분이
싫어요."

"무슨 말인지 알아요."

뭘 안다는 거예요, 라는 대꾸가 관성적으로 튀어나올 뻔했
다. 작은 한숨 소리가 들렸다. 마음이 아팠다. 해맑은 얼굴로
이상한 소리들을 하던 S의 친구들보다 내가 더 나쁜 사람처
럼 느껴졌고, 내가 그렇게 느끼도록 만드는 S가 조금 미워졌
으며, S를 미워하는 나도 별로였다. 머릿속이 뒤죽박죽이 되
어 가고 있었다.

"이번에는 둘이 만나요. 실망하지 않게 할게요."

보라색 목소리로 그런 말을 하면 거절할 수 없다는 걸 S는
알고 있을까? 알고 그런 거라면 할 말이 없었다. 당신 정말 나
쁜 사람이야, 라고밖에는.

▯▯

 워킹홀리데이 비자를 받으려면 만 18세 이상이어야 해요. 한국에서는 태어난 순간부터 한 살로 치고 생일이 아니라 한 해의 첫날에 한 살 더 먹는 걸로 쳐서 나이 세는 법이 조금 달라요. 한국인은 한국 나이로 열아홉 또는 스무 살 때부터 워킹홀리데이에 도전할 수 있어요. 나는 그 나이가 되자마자 워킹홀리데이 준비를 시작했고, 호주에 와서 스물한 살이 되었죠.

 그래서 그런지 호주에서 만난 한국 사람들은 다들, 내가 가난한 집 출신이거나 공부를 못했거나, 가난해서 공부를 못

한 사람이라고 생각하는 것 같아요. 왜 그렇게 생각하는지는 뻔해요. 한국 학생들은 대개 스무 살이 되면 대학에 가는데, 나는 유학생이 될 것도 아니면서 한국을 떠났으니까. 근데 그 사람들 생각 중 맞는 건 하나도 없어요. 나는 홈스쿨링을 받다가 조금 일찍 대학에 갔고(계속 다닐지는 잘 모르겠어요.) 우리 집이 그렇게 부잣집은 아니지만 특별히 못살지도 않거든요. 특히 나한테는 연금 비슷한 게 있어서 아주 큰일이 생기지 않는 한 괜찮아요.

매년 마지막 달이 되면 내 통장에 돈이 들어와요. 크리스마스 때문에. 이렇게 말하니 수수께끼 같죠? 어릴 때 아빠하고 같이 캐럴 앨범을 내서 그래요. 호주 와서는 한국인 슈퍼마켓에서 딱 한 번밖에 못 들었지만, 한국에서는 꽤 인기 있는 곡이 포함된 앨범이에요. 눈이 휘둥그레질 만한 수입은 아니지만 그런대로 두둑하다고 할 수 있죠.

그런데 혹시 기억해요? 내가 크리스마스 싫어한다고 했던 거.

이유를 물어보지 않아서 고마웠어요. 잘 설명할 자신도 없고 아무리 잘 설명해도 이해하기 어려운 이야기일 테니까요. 크리스마스 연금이 있는 사람은 누구보다도 크리스마스를 좋아해야 할 것 같잖아요. 딱 한 번만 설명할 테니까 잘 이해가 안 되면 되감기해서 다시 들어 보세요.

크리스마스 시즌이 되면 거리에서 아빠가 짓고 내가 부른 노래가 흘러나와요. 그 곡의 저작권료는 내 거고요. 그 돈이 아빠에게 가지 않는 이유는 아빠가 내게 주기로 해서고, 그게 엄마한테도 가지 않는 이유는 그게 바로 아빠가 내세운 조건 이라서예요. 그 돈을 엄마가 쓰지 않겠다고 약속해야만 저작 권료를 준다는 거. 그리고 그 조건에 동의한 건 엄마와 아빠 가 헤어질 때 고작 여덟 살밖에 안 됐던 내가 아니라 바로 엄 마였어요.

나는 엄마가 미워요. 그리고 엄마한테 미안함을 느껴요. 엄 마를 미워해서 엄마한테 미안한 게 아니고, 사실은 그 반대예 요. 엄마한테 미안하고, 그래서 엄마랑 같이 있기가 싫어요.

왜냐하면 엄마를 버린 게 아빠라는 걸 알면서도 늘 아빠 를 더 좋아했기 때문에.

나한테 크리스마스는 이런 느낌이에요. 내가 가장 도망치고 싶은 것들로부터 절대로 도망칠 수 없다는 걸 알려 주는 날.

▶

일요일 아침 S가 일하는 카페로 찾아갔다. 머그 컵 큰 잔 으로 커피를 주문했고, 내가 여전히 화나 있어서 S의 호의를 받아 줄 생각이 없다는 걸 알려 주기 위해 커피값을 냈다. S는 기분이 딱히 좋지도 나쁘지도 않아 보였고, 내가 지갑을 꺼내는 걸 굳이 말리지도 않았다. 나를 쌀쌀맞게 대하는 것도 아니지만 전처럼 다정하지도 않은 것 같아 묘하게 섭섭한 마음이 들었다. 카운터에서 제일 안 보일 것 같은 자리로 가서 핸드폰 게임을 했다. 중간에 엄마한테서 메시지가 왔다.

어떻게 지내? 통화 좀 하자.
아빠랑은 연락하니?

못 본 척하고 계속 게임을 했다. 한 라운드에 1분씩 걸리고, 한 번에 클리어하지 못하면 5분 동안 에너지 충전을 기다려야 하는 게임이라 방해받고 싶지 않았다. 결국 깨지 못하고 충전을 기다리는 동안에도 엄마한테는 굳이 답장을 보내지 않았다. 지난 통화로부터 겨우 사나흘 지나지 않았나? 정확히 기억은 안 나지만 어쨌든 체감상으로는 며칠 안 된 것 같았다. 통화를 한다고 크게 의미 있는 대화를 나누는 것도 아니었다. 별일 없는지, 밥은 잘 먹는지, 어디 아픈 데는 없는지. 나는 아프지 않고, 굶고 다니지도 않으며, 무엇보다, 별일이 있어도 엄마한테 말하고 싶지 않았다.

핸드폰 배터리가 절반 가까이 닳았을 때쯤 S가 에이프런을

벗고 나왔다. 이미 한참 전부터 게임에 질려서 S가 언제 나오
는지 눈치만 살피고 있었지만, 정말로 나와서 내가 앉아 있는
자리 앞에 서니 선뜻 아는 척하기가 왠지 싫었다.

"기다려 줘서 고마워요."

그 다정한 보라색 목소리가 미웠다. 내가 당신을 기다렸다
고 말하다니. 심지어 그게 고맙다고 해 버리다니. 그렇게 말하
면 나는 너무 작고 당신은 너무 큰 사람 같잖아요.

"별말씀을."

나는 들릴락 말락 한 소리로 대답하고 S를 따라 가게를 나
섰다.

"세인트 킬다에 가 본 적 있어요?"

"아뇨."

시티에서 트램을 타고 20~30분가량 가면 나오는 바닷가.
셰어 메이트들에게 들은 적은 있지만 가 본 적은 없었다. 참,
저번에 봤던 피터랑 린다 커플도 얼마 전에 다녀왔다고 했나.

"잘됐네요."

"뭐가요?"

"전에 가 봤을 때보다 재미없게 만들어 버리면 어떡하나
걱정했거든요."

16번 트램을 타고 루나파크 정류장에서 내렸다. '파크'라고
해서 해변 공원 같은 것인 줄 알았는데 놀이공원 이름이었다.

광기 어린 눈을 하고 입을 쩍 벌려 웃고 있는 태양 모양의 마스코트가 게이트를 장식하고 있었다.

"호주에 와서 피시앤칩스 먹어 본 적 있어요?"

"아뇨."

"대체 뭘 먹고 다닌 거예요?"

피시앤칩스는 영국 요리 아닌가? 약간 헷갈려 하면서도 S를 따라 길을 건넜다. 기다리는 사람이 제법 많은 걸로 보아 꽤 유명한 가게인 듯했다. 그러고 보니 점심때였다. 기본 세트와 콜라를 포장해 해변으로 들고 갔다. 고소한 냄새에 기분이 좋아졌다. 주말이고 날씨가 좋아서 해변에는 사람이 꽤 많았다. 꽤 오래 걷고서야 앉아서 간식을 먹을 수 있는 자리가 눈에 띄었다.

"먹어 봐요."

S는 자리에 앉자마자 생선튀김을 휴지로 감싸서 내밀었다. 그대로 입에 넣으면 쑥스러울 것 같아서 손으로 받아 한 입 베어 물었다.

"어때요?"

"맛없어요. 하나도."

나는 한참 씹다가 용기를 내서 말했다. 밋밋하고 느끼한 튀김이었다. 명태로 만든다는 게맛살튀김보다도 못했다.(그건 짭짤하기라도 하지.) 아무리 입속을 뒤져 맛을 찾으려고 해도 아무 느낌도 없었다.

"그럴 줄 알았어."

"그럴 줄 알았는데 왜 먹자고 한 거예요?"

"좋아할 수도 있다고 생각했어요. 나만 별로라고 생각하는 걸지도 모른다고. 유명한 거잖아요."

왠지 웃음이 나서 마구 웃다가 입속 내용물이 좀 튀어나가는 것을 보고 입을 합, 다물었다. 나 지금 얼굴 엄청 빨갛겠지, 하며 S의 눈치를 살피는 사이, 갈매기가 날아와 S가 쥐고 있던 생선튀김을 채 갔다. 우리는 동시에 폭소를 터뜨렸다.

다행히 감자튀김은 생선튀김만큼 별로는 아니었다. 남은 생선튀김을 가위바위보로 처리하고 젤라또를 하나씩 사 든 채로 해변을 걸어 다녔다. S는 지난 주말 친구들의 무례를 사과했다. 가능하면 친구들이 직접 사과하게 하고 싶었는데 그러지 못해서 미안하다고도 했다.

"괜찮아요. 나도 잘한 건 없는 것 같아요."

"왜요?"

"도라 이름을 듣고 웃었거든요."

"그건 완전히 다른 얘기라고 생각해요."

S의 얼굴은 진지하다 못해 엄숙해 보이기까지 했다. 그건 그렇겠지, 이름을 듣고 웃는 거랑 인종차별적인 농담을 하는 건 차원이 다른 실례지. 그렇지만 이름을 듣고 웃은 쪽은 나

고, 내게 인종차별적인 농담을 한 건 그쪽이라서 역시 헷갈렸다. 나는 언제나 내 잘못을 더 크게 느끼곤 했다.

"그리고 린다도, 피터도, 나도 웃었어요. 도라 이름을 처음 들었을 때는."

그럼 나한테만 그렇게 쩨쩨하게 굴었단 말이야? 어쩐지 그날 도라의 말을 들었을 때보다 두 배는 더 큰 모욕감이 들었다. 도라에게 품고 있던 작디작은 미안함이 온데간데없이 흩어졌다.

"호주에 와서 제일 많이 달라진 게 뭐예요?"

"잘 모르겠어요. 나는 어디서나 그대로 나잖아요."

"그건 그렇죠."

햇볕이 너무 강해서 산책을 오래 할 수는 없었다. 우리는 루나 파크에 들어갔다. 망고슬러시를 사서 그늘진 곳에서 마셨다. 양손에 슬러시 컵을 들고 앉아 화장실에 간 S를 기다리면서 S는 어느 쪽 화장실을 쓰는 걸까 궁금해하다가, S의 얼굴을 보자마자 그 질문을 까먹었다.

롯데월드보다도 훨씬 조그만 놀이공원인데 해 질 무렵까지 놀았다. 마지막으로 탄 놀이기구는 루나파크를 둘러싼 성벽 위로 달리는 롤러코스터 같은 것이었다. 직원 한 명이 뱃사공처럼 한가운데에 서서 열차를 조작했다. S도 나도 목이 쉬도록 소리를 질렀다.

"오늘 재미있었어요?"

네, 다시는 이렇게까지 재미있을 수 없을 만큼. 나는 그렇게 말하는 대신에 그냥 고개를 끄덕였다.

"그럼 다음 주에도 만날까요?"

나는 끄덕이던 고개를 멈췄다.

"바로 대답하지 않아도 괜찮아요. 생각만 해 봐요. 토요일에는 클럽 사람들을 만나고 일요일에는 나랑 만나는 거."

"네. 생각해 볼게요."

트램을 타고 시티로 돌아가 S와 헤어진 뒤 시티 남부 서벌브행 버스를 탔다. 셰어 마스터의 집합 시간을 놓쳤기 때문이다. 도착해서 방에 들어가니 룸메이트가 셜리 요새 바람 들었다고 놀렸지만 개의치 않았다. 침대에 눕자마자 바로 잠들어 버려서 잘 들어갔냐는 S의 메시지는 다음 날 출근 직전에야 확인했다.

*

화요일 저녁에 클럽에서 메일이 왔다. 더 셜리 클럽 빅토리아 지부, 그중에서도 멜버른에 사는 모든 회원들에게 보내는 광고였다. 시티 북부 브런즈윅에 사는 셜리 모튼의 집에서 토요일과 일요일에 개러지 세일을 한다는.

어쩐지 의욕이 샘솟아 메일에 나와 있는 전화번호로 메시지를 보냈다. 혹시 일손이 필요하지는 않으세요? 모튼 할머니는 몇 시에 와도 상관없으니 도와주면 정말 고맙겠다는 답장을 보내왔다. 마침 일손이 부족하다고도 했다.

초등학교 때 학교에서 다 같이 물건을 모아 바자회를 한 적이 있긴 하지만, 집에서 하는 개러지 세일은 처음이라 무척 기대가 컸다. 모튼 할머니에게 답장을 받자마자 곧장 S에게 소식을 전했다. S는 무척 반가워하면서 같이 가자고 했다.

목요일 오전쯤 되자 내가 왜 그랬지, 하는 후회가 싹트더니 금요일 저녁에는 아프다고 거짓말이라도 할까 보다 하는 생각마저 하게 되었다. 그렇게 생각하니 꾀병이 아니고 정말로 골치가 딱딱 아파 왔다. S와 같이 가기로 했으니 취소할 수는 없었다. 그 점을 생각하면 S와 같이 가기로 한 게 불행인지 다행인지 헷갈렸다.

일찍 일어나 아무도 없는 주방에서 선 채로 토스트를 한 장 먹었다. 딸기잼 반, 땅콩버터 반을 발라서. 시티로 가는 버스 안에서 S에게 모튼 할머니의 집 주소를 보낸 다음 꾸벅꾸벅 졸았다. 머리를 말리지 않아서 어깨가 살짝 젖은 채 버스에 올랐는데 내릴 즈음에는 어깨도 머리카락도 대충 다 말라 있었다. 오전 10시 20분쯤 모튼 할머니의 집에 도착했다. 할머니는 왜 이렇게 일찍 왔느냐며 놀랐지만, 그러는 본인은 이미 집 안에 있던 피크닉 매트를 다 꺼내서 정원 바닥에 깔아 놓은 채였다.

팔아야 할 물건을 담아 둔 박스들과 바퀴 달린 이동식 행거, 4인용 테이블을 밖으로 옮겼다. 꽃병이나 머그 컵, 망원경처럼 작고 깨지기 쉬운 물건들은 테이블 위에 진열하고 비교적 큰 물건들은 피크닉 매트 위에 올려 두었다. 모튼 할머니가 만든 그릴드치즈샌드위치를 먹고 옷 정리를 시작할 즈음 S가 왔다. S는 오자마자 꽃 한 송이밖에 꽂을 수 없을 것 같은, 가느다란 크리스탈 꽃병을 깨뜨렸다.

"안녕하세요. 이건 제가 살게요."

"오, 무슨 소리예요. 다친 데는 없어요?"

깨진 꽃병 조각을 치우고 모튼 할머니에게 S를 소개하는 사이(순서가 좀 뒤바뀐 것 같았지만, 할 수 없었다.) 지나가던 사람들이 개러지 세일에 흥미를 보이기 시작했다. 자전거 두 대가 가장 먼저 팔렸다. 좀 오래된 것으로 보이는 아동용 자전거와 바구니가 달린 성인용 자전거. 그다음으로 사람들이 관심을 많이 보인 물건은 스키용품들이었다. 모튼 할머니는 우유푸딩이나 순두부 같은 것을 의인화한 것처럼 말랑하게 생긴 분이어서 그 물건들은 영 모튼 할머니의 것처럼 보이지 않았다.

"호주에서는 겨울 스포츠를 즐기기 어렵지 않나요?"

스키복 두 벌을 한 사람에게 팔고 기분이 아주 좋아진 할머니에게 S가 물었다. 그것도 그렇네, 겨울은 아직 겪어 보지 못했지만 내가 알기론 눈이 펑펑 내리는 나라도 아니고 산맥이 뚜렷한 나라도 아니니까.

"온 가족이 스키를 좋아해서 해외로 스키 여행을 다니곤 했지요."

스키 장비가 유독 많은 건 그래서였나. 그런데 왜 과거형으로 말씀하시는 거지? 의아한 마음이었지만 물을 엄두가 나지 않았는데 S가 대신 물어봐 주었다.

"그런데 왜 다 파는 건가요?"

"남편하고 헤어지기로 했어요."

나와 S는 동시에 입을 벌렸지만 둘 다 뻐끔거리기만 하고 무슨 말을 하지는 못했다.

"괜찮아요. 서로 많이 이야기를 나눈 끝에 결정한 거니까. 남편은 배려심이 많은 사람이에요. 내가 정리를 할 동안 집에서 잠시 나가 있겠다고 하더군요."

모튼 할머니가 가족과 함께 스키 여행을 다니던 시절을 상상해 보았다. 세 명, 네 명, 어쩌면 그보다 많은, 서로 닮은 사람들이 다 같이 언덕을 미끄러져 내려오는 광경의 슬로모션. 어쩐지 눈물이 핑 돌았다. 그렇지만 울고 싶지 않았다. 내가 어떤 마음에서 울 것 같은지를 모튼 할머니에게 설명하는 건 아주 어려운 일일 테니까. 만약 내가, 우리 부모님도 이혼하셨어요 하고 털어놓았더니 모튼 할머니가 눈물을 흘린다면, 기분이 나쁠 것 같았다. 잘 알지도 못하면서 나를 불쌍한 사람으로 생각하는 느낌이 들어서.

"우리 부모님도 이혼하셨어요."

그 말을 한 것은 내가 아니고 S였다.

"그렇군요."

모튼 할머니는 약간 목이 멘 듯했다. S는 천천히, 신중한 어조로 말을 이었다.

"제가 꽤 어릴 때 헤어지셨는데, 두 분 다 잘 지내고 계세요. 가끔은 대화도 하시고요. 두 분이 헤어져서 각자 더 행복해졌다고 생각해요. 그건 옳은 결정이었다고요. 늘 그렇게 생각해 왔어요."

한참 만에 모튼 할머니가 대답했다.

"당연히 당신 부모님은 행복할 거예요. 당신처럼 이해심이 많은 아이가 있으니. 그렇지만 아이가 그런 어른스러운 생각을 하게 만드는 사람들을 좋은 부모라고 생각하긴 어렵겠군요. 어쨌든 사려 깊은 말을 해 줘서 고마워요."

한동안 우리는 아무 말도 하지 않았다.

때마침 양산을 쓴 할머니들이 나타나 어색한 침묵을 흩뜨려 주었다. 더 셜리 클럽이었다. 어떤 할머니는 자가용을 끌고 와서 캠핑용 간이 테이블을 펼치고 컵케이크와 레모네이드를 파는 매대를 차렸다. 간식을 사 먹으려고 모인 사람들이 개러지 세일 물건도 한두 점씩 사 가고, 개러지 세일에 관심이 있던 사람들도 간식을 사 가서 서로 장사가 잘됐다.

해 지기 전에 남은 물건들을 정리해 차고 안으로 옮기고 모튼 할머니 집을 떠났다. 한창 장사에 열중할 때는 깨닫지 못했지만 종일 물건을 옮기고 많은 사람들과 대화를 나눠서 꽤 피곤했다. 시티에서 S와 커피라도 한잔하려던 생각을 바꾸어 바로 헤어졌다.

일요일에는 평소처럼 셰어 마스터의 차를 타고 시티에 나갔다. 전날 저녁에는 너무 피곤해서 내일은 못 나갈 것 같다는 생각이 강렬하게 들었는데, 잘 자고 일어나니 모튼 할머니의 집에 가고 싶어서 안달이 났다. 의외로 나, 장사가 체질인건가? 리테일 잡을 구할걸 그랬나? 그런 생각을 하며 모튼 할머니 집으로 갔는데, 웬걸, 할머니야말로 늦잠을 잔 모양이었다. 파자마 차림으로 현관문을 열어 준 할머니 몸에서 낯익은 냄새가 났다. 파스 냄새였다.

"마침 잘 왔어요. 미안하지만 이걸 좀 등에 발라 주겠어요?"

할머니가 내민 것은 '타이거 밤'이었다. 이거 설마 그 연고인가? 내가 엄마한테도 발라 준 적 있는 호랑이 연고?

할머니를 침대에 엎드리게 하고 파자마 웃도리를 걷어 연고를 발라 드렸다. 전날 생김새만 보고 할머니가 '약간' 순두부를 닮았다고 생각한 것은 섣부른 판단이었다. 직접 만져 보니, 모튼 할머니의 촉감은 '완벽한' 순두부였다. 호랑이 연고 냄새가 나는 순두부 같은 것은 세상 어디에도 없겠지만.

모튼 할머니의 컨디션이 그리 좋지 않다 보니 개러지 세일 준비는 전날보다 좀 늦어졌다. 그나마 전날 하던 가닥이 있어 어렵지는 않았지만, 할머니와 함께 준비하던 것에 비하면 아무래도 준비가 느렸다. 오후 1시쯤 S가 와서 그나마 일이 일답게 돌아가게 되었다. 손님은 전날보다 더욱 많았다. 다행히 S가 올 즈음에는 모튼 할머니도 기운을 차렸고, 한동안은 셋이 잡담을 나눌 틈도 없이 일을 했다. 그런데도 아직 판 물건보다 팔지 못한 물건이 더 많았다.

"다음 주에도 또 하실 건가요?"

"이 짓을 또 하지는 못하겠네요. 생각했던 대로 나머지는 버리거나 기증해야겠어요."

아직도 쓸 만한 물건이 많아서 아깝다는 생각이 절로 들었다. 예쁜 액자 틀, 도자기 인형, 시곗줄을 갈고 약을 넣어서 제대로 판다면 꽤 값이 나갈 만한 손목시계 같은 것.

"혹시 가지고 싶은 게 있다면 가져가요. 워낙 잡동사니들이어서 젊은 사람들이 갖고 싶어 할 만한 물건이 있을지 모르겠지만."

모두 괜찮은 물건이라 선물로 준다면 거절하진 않겠지만, 짐을 늘리고 싶지는 않았다. 나는 S의 눈치를 살폈다. S도 나와 비슷한 입장인 듯했는데, S는 한발 더 나아간 아이디어를 내놓았다.

"우리, 서로 갖고 싶어 할 만한 물건 딱 하나씩만 찾아서 교환할까요?"

나쁘지 않은 생각 같았다. 아니, 좋은 의견이었다. S가 그렇게 좋은 아이디어를 내놨으니 나는 더 좋은 물건을 찾아내야 서로 비긴 게 될 것 같았다. 물건이 팔려서 빈 자리에 다른 물건을 올려놓으면서 S가 받으면 기뻐할 만한 물건이 있을지 유심히 살폈다. 장난스러운 문구가 새겨진 머그 컵? 깨지기 쉬운 건 별로겠지. 감촉이 보들보들한 스웨터? S에게 어울리지도 않고 부피도 크다. 하모니카 같은 건 누구 것인지도 모를 침이 잔뜩 들어갔을 것 같아서 별로고, 우쿨렐레? 이건 왜 여태 안 팔리고 여기 있담?

고민과 탐색 끝에 라이방 선글라스를 찾아냈다. 하드 케이스가 있어서 캐리어에 넣고 마구 흔들어도 잘 깨지지 않을 거고, 부피도 그렇게 크지 않지. 누가 발견하고 먼저 집어 가기 전에 내가 챙겨 둬야겠다. 선글라스를 케이스째로 내 가방에 넣어 두다가 S와 눈이 마주쳐서 씩 웃어 주었다. S가 뭘 고르든 내가 준비한 것보다 근사한 선물일 리 없다는 확신,

승리의 예감을 담은 웃음이었다. S는 내가 왜 웃는지는 전혀 눈치채지 못한 듯 그저 미소로 화답했다.

일요일 개러지 세일은 그렇게 끝이 났다. 기증할 물건과 버릴 물건을 분류하고 기증할 물건은 다시 옷가지와 도서와 그 외로 나누어 박스에 담았다. 누군가가 한집에 오래 살면 이렇게나 많은 물건을 갖게 되는구나, 새삼스러운 생각을 했다.

"이 집을 떠나는 건 할머니인가요? 남편분인가요?"

버릴 물건을 재활용품과 재활용 불가 물품으로 나누어 봉투에 담으면서 S가 물었다.

"나예요."

"멜버른에서 먼 곳으로 가시나요?"

"멀다면 멀고 가깝다면 가깝죠. 발리로 가거든요."

발리! 나는 박스에 거의 처박다시피 하고 있던 고개를 번쩍 처들었다.

"저, 호주에 오기 전에 우붓에 갔었어요. 하루 반 정도밖에 있지 못했지만 그곳을 아주 좋아하게 됐어요."

"나도 우붓을 좋아해요. 산속의 보석 같은 마을이죠. 하지만 나는 바닷가에 살게 될 거예요. 이번에는 여름 스포츠에 한번 빠져 보려고 해요."

모튼 할머니는 정말 행복해 보이는 얼굴로 그렇게 말했다. 나는 할머니가 서핑을 하는 모습을 상상했다. 스키를 좋아하던 할머니가 능숙한 스키 솜씨를 응용해 파도도 멋지게 타는 광경을. 세상에서 가장 멋진 순두부가 틀림없을 것이다.

나와 S는 각자 서로에게 선물하려고 고른 물건을 모튼 할머니에게 보여 드리고 브런즈윅을 떠났다. 모튼 할머니는 클럽의 큰 행사가 있을 때마다 호주로 돌아올 거라고 했지만, 나와 다시 만날 가능성은 아주 낮았다. 그런 이야기를 굳이 꺼내지는 않았지만 어쩌면 이게 마지막일지도 모른다는 생각은 둘 다 했을 것이다. 그래서 긴 포옹으로 작별 인사를 했다. 할머니 등을 토닥토닥 두드리자 호랑이 연고 냄새가 희미하게 피어올랐다.

시티 센트럴로 가는 트램 안에서 선물을 교환했다. 라이방 선글라스를 본 S는 내가 예상한 것보다 훨씬 더 기뻐했다. 어린애처럼 웃는 S를 보니 전날 낮에 들은 S의 부모님 이야기가 떠올랐지만, 애써 떨쳐 내고 S의 선물을 받았다.

S가 나를 위해 고른 물건은 워크맨이었다. 재생과 녹음이 모두 가능한 카세트 플레이어. 나는 웃지도 울지도 않았다. 아주 작은 소리로 고맙다고만 했다. 그렇지만 속으로는 내가 졌다고 생각했다. 그것도 어마어마한 점수 차로.

Track 05

‖

　기술의 발전에 따라 사랑을 고백하는 방법이 달라졌다는 거, 재미있지 않아요? 문자가 발명되기 전에는 편지를 쓸 수 없었을 거 아니에요. 그러면 그때는 벽화를 그렸을까요? 여기 그린 물소 떼만큼 너를 사랑해, 너와 함께 이렇게 사냥을 다니고 싶어, 그런 의미를 담아서.

　문자가 발명된 이후에도 편지로 고백할 수 있는 사람은 아주 적었을 거예요. 모두가 글을 쓸 수 있고 누구나 종이를 구할 수 있는 시대는 그보다 훨씬 늦게 도래했으니까. 그리고 전화가 발명되기 전까지는, 오로지 편지만이 바다 건너에 있는 사람에게 사랑한다고 말할 수 있는 수단이었겠죠.

물론 제일 오래됐으면서도 가장 동시대적인 방법은 상대방의 눈을 바라보면서 말하는 거겠지만. 인터넷이 발명되고 화상채팅이 가능해지면서 아주 멀리 있어도 서로의 눈을 보면서 사랑한다고 말할 수 있는 시대가 됐지만, 지구는 여전히 크고 둥글고 시차는 그대로 있죠……. 언젠가 날짜 변경선을 극복할 수 있는 수단도 발명될까요?

내가 생각하는 고백의 역사 한 자락은 카세트테이프예요. 카세트테이프의 전성기는 아주 짧았지만 충분히 아름다웠을 거라고 믿어요. 내가 태어나기 전 아빠가 엄마에게 선물한 믹스 테이프를 들어 본 적이 있거든요. 믹스 테이프라는 말 들어 본 적 있어요? 간단히 말하면 자기와 상대방이 좋아할 만한 노래들을 직접 녹음해서 만드는 카세트테이프예요. 중간에 하고 싶은 말을 끼워 넣기도 하고요. 그러니까, 단 한 사람을 위해서 만드는 라디오 프로그램 같은 거구나, 그런 생각을 했던 기억이 나요. 젊은 아빠의 목소리를 엄마 몰래 들으면서.

사실 카세트테이프는 저장 장치로서는 장점보다 단점이 더 많아요. 저장 장치의 가장 중요한 자질은 튼튼하고 오래가는 것일 텐데, 카세트테이프는 예민하기 짝이 없거든요. 늘어나서 음질이 손상되기 쉽고 엉켜서 못 쓰게 될 수도 있죠. 자기력에 약해서 자석을 갖다 대면 아주 손쉽게 망가지기도 한대요.

그렇지만 거기 담긴 곡들을 녹음할 때, 엄마에게 3분 14초짜리 곡을 들려주려고 아빠도 3분 14초를 똑같이 썼을 거예요. 원하는 지점에 제대로 녹음되지 않았거나, 소음이 섞여 들어간 게 마음에 들지 않아서 여러 번의 3분 14초를 다시 견뎠겠죠. 들려주고 싶은 곡을 고르는 데 드는 시간, 말하고 싶은 것을 고민하는 시간 같은 걸 빼도 상당한 시간이 들었을 거예요. 나에게 카세트테이프는 그런 의미가 있어요. 누군가 사랑하는 사람에게 시간을 선물하려 할 때에는 먼저 똑같은, 때로는 더 많은 시간을 써야만 한다는 걸 알려 주는 도구.

내게 그게 필요하다는 걸 당신은 알았던 거예요. 그것도 어쩌면 나보다도 더 정확하게.

▶

이후 나의 주말 계획은 대체로 S의 말처럼 되었다. 토요일은 클럽 활동을 하고 일요일은 S를 만나는 생활. 나는 멜버른의 셜리들과 함께 과자를 굽고 강아지 산책을 시키고 카페 투어를 다녔다. 나를 처음으로 초대했던 페이튼 할머니가 다시 한번 모임을 주최해서 사상 최고로 유명한 셜리인 셜리 템플이 출연한 영화를 여럿이서 함께 보기도 했다. 또 한번은 같은 공장에서 일하는, 키가 무척 큰, 셜리 벨머린의 초대를 받았는데, 그날의 테마는 치즈 플래터 파티였다. 치즈 냄새라면 일하면서 실컷 맡으니, 공장 밖에서는 치즈의 치 자만 들어도 치가 떨릴 지경이었는데 벨머린 아주머니는 그렇지도 않은 모양이었다. 공장에서 치즈를 사면 직원 할인 혜택을 받을 수 있다는 것도 벨머린 아주머니 덕에 알게 되었다. 그렇다고 치즈를 사야겠다고 생각한 건 물론 아니다.

S와 만나면 특별한 일을 하지 않아도 재미있었다. 빅토리아 주립 도서관 앞에서 거대한 체스 말로 체스 시합을 하고 스완튼 스트리트에서 버스킹 공연을 봤다. 크라운 호텔 카지노에서 각각 50달러씩을 잃었다. 우리가 처음 만난 스포츠 펍에서 맥주를 마시면서 S가 좋아하는 팀의 경기를 봤다. 헝그리잭에서 햄버거를 사 먹었다. 여기저기 다니면서 타코, 피자, 추러스, 비빔밥, 서프앤터프, 슬러피, 초콜릿퐁듀를 사 먹었다.

한번은 멜버른 시티 도서관에서 룸메이트와 마주쳤다. S와 나는 그래픽 노블 코너에 있었고 룸메이트는 그 아래 어학 서적 코너에 있었다. 먼저 상대방을 발견한 건 나였지만 굳이 인사할 생각까지는 없었는데, 마침 그때 룸메이트가 고개를 돌려 내 쪽을 봤다. 룸메이트는 손을 높이 들어 흔들더니 나와 S를 손가락으로 번갈아 가리키고 오케이 사인을 보낸 다음 다른 서가로 가 버렸다. 그게 무슨 의미였는지는 셰어하우스에 돌아가서야 알 수 있었다.

"걔가 개지? 너랑 맨날 톡 주고받는 랭귀지 익스체인지."

"응."

"반반하더라. 셜리 너, 얌전한 고양이 어디 위에 먼저 올라간다더니."

나는 S를 처음 만난 날 이후로는 외모에 대해 딱히 생각해본 적이 없어서 조금 당황했다.

"그런 사이 아니야."

"그런 사이가 뭐야? 내가 무슨 사이라고 했는데? 하여간옛말 그른 거 하나 없다. 도둑이 제 발 저린다고."

뻔히 그런 의도로 놀려 놓고 발뺌하면 단가, 누군 속담 몰라서 안 쓰는 줄 아나. 이런 상황을 두고 눈 가리고 아웅이라고 하지, 아마? 그렇지만 나는 룸메이트의 유치한 술수에 말려들지 않기로 했다. 도서관에서 그래픽 노블과 영화를 보면서 보낸 하루를 교양 있게 마무리하고 싶었기 때문이다.

자기 전에는 영화를 보다가 S가 내게 귓속말을 했던 순간을 떠올렸다. 내가 쓰고 있던 헤드폰을 뒤로 살짝 밀고 몸을조심스럽게 기울인 채 S는 속삭였다. 지금 나오는 이 노래를부른 사람도 이름이 셜리래요. 그런가요, 하고 태연한 척했지만 한참 동안 심장 대신 귀가 박동했다. 영화가 끝나고 검색해 보니 「히 니즈 미(He Needs Me)」라는 노래를 부른 사람의 이름은 셜리(Shirley)가 아니고 셸리(Shelley)였다. 뭐예요, 여태 내 이름 스펠링도 모르고 있던 거예요? 핀잔했지만 S가 이름을 착각하는 바람에 귓속말을 하게 된 것이 조금 기분 좋기도 했다. 아니, 헷갈린 건 셜리 이름이 아니라 그 가수 이름이었죠. S가 억울해하는 표정을 본 것도 왠지 이득 같았다.

주고받는 메시지도 갈수록 많아졌다. S는 우연히 마주친 길고양이 사진, 도클랜드의 노을, 자기가 오늘 해낸 복잡하고 아름다운 라테아트 사진 같은 것을 틈틈이 보냈고, 일하는 동안 핸드폰을 볼 수 없는 내게 그 메시지들은 점심시간과 퇴근길의 소소한 즐거움이었다. 낮에 받은 메시지들에 답장을 하다가 S와 실시간으로 대화를 시작하면 금세 날이 저물어 버렸다. 나는 새벽에 출근해서 한낮에 퇴근하는 사람인데도.

도서관에 다녀온 다음 주에 S는 한국어와 영어, 두 가지 버전으로 쓰여 있는 시 한 편을 내게 보냈다. 독일에서 살던 한국인 시인의 시라고 하는데 한국어로 읽어 줄 수 있어요? 나는 퇴근하고 저녁을 먹고 씻은 다음 혼자 셰어하우스 앞뜰로 나가 S에게 전화를 걸었다. 스피커폰 기능을 켜고 핸드폰 화면을 보면서 S가 보내 준 시를 소리 내어 읽기 시작했다.

"혼자 가는 먼 집. 허수경."

시를 다 읽고 S와 두 시간 가까이 통화를 더 했다. 걷다가 쪼그려 앉았다가 하며 통화를 하고 별이 총총 뜰 무렵 끊었다. 나는 어두운 하늘을 올려다보면서 S에게 읽어 준 시의 첫구절을 다시 입속에서 굴려 보았다. 당신이라는 말 참 좋지요. 볼과 손이 얼얼하도록 핸드폰이 뜨거웠고 밤공기는 조금쌀쌀하게 느껴졌다. 서머타임이 끝나 가고 있었다.

‖

나는 천국이 발리를 닮았을 거라고 생각해요. 발리를 보고천국을 만들었거나 천국을 본따서 발리를 만들었거나, 둘 중하나일 거라고. 워킹홀리데이에서 모은 돈으로 뭘 할지 고민이었는데, 발리에 도착한 날 정답을 알았어요. 꼭 발리에 다시 와야지. 호주에 오기 직전에 가서 이틀밖에 못 지내고 왔는데 그사이에 홀딱 반해 버렸으니까요. 이틀이 뭐람, 정확히스물여섯 시간. 스톱오버 여행하는 법을 몰라서 비행기 환승시간 동안만 머무른 거죠.

내가 묵었던 곳은 우붓이라는 산골 마을이에요. 바다는하나도 안 보이고 공항이랑도 멀어서 시간이랑 교통비 낭비가 이만저만이 아니었어요. 그래도 가 보길 잘했다고 생각해요. 숙소 근처에 몽키 포레스트라고, 말 그대로 원숭이들이 많이 사는 숲이 있었거든요. 귀엽지만 영악한 원숭이들이 떼로 몰려다니면서 관광객을 괴롭히는 곳이에요. 그 쪼끄만 녀석들 중 하나가 어떤 분 치마를 확 들추는 것도 봤다니까요. 농담이 아니에요.

사실 발리에서 제일 기대한 구경거리는 몽키 포레스트였는데, 발리 하면 제일 먼저 떠오르는 건 그게 아니고, 거길 가는 길에 우연히 본 그래피티예요. 그렇게 멋있었냐고요? 발리 여행에서 제일 기대한 볼거리였고 기대에도 부응했던 몽키 포레스트보다 더 기억에 남을 만큼? 아뇨. 엄청 단순해서 그냥 말로만 설명해도 거의 비슷하게 떠올릴 수 있을걸요. 새까맣게 칠한 벽에 빨간 글씨로 이렇게 쓰여 있었어요.

IS DEAD

그 이미지가 왜 이렇게 기억에 남는지 몰라요. 맞는 말도 아니고, 아름답지도 않았고, 내가 좋아하는 발리의 다른 모든 것들과는 어울리지 않는 이미지인데. 혹시 그래서일까요? 발리와 전혀 섞이지 않는, 이질적인 장면이라서?

죽은 건 누구였을까요? 무엇이었을까요? 사실은 아무도 죽지 않았지만, 죽었으면 했던 걸까요? 그 말을 쓸 때 그 사람은 슬펐을까요? 화가 나 있던 건 아니었을까요?

이 생각을 하면 밤에 잠도 안 와요.

▶

한풀 꺾인 더위를 계기로 셰어 마스터는 셰어 메이트 모두가 함께하는 당일치기 여행을 선언했다. 목적지는 그레이트 오션 로드, 멜버른 근교에서 가장 유명한 관광지였다. 날씨 어쩌고는 사실 하나 마나 한 핑계고, 셰어 마스터가 주말 교사로 활동하는 교회에서 마침 그리로 단체 관광을 가게 된 모양이었다. 그러니까 우리 셰어하우스뿐 아니라 대략 100여 명에 이르는 모르는 사람들과 동행해야 한다는 이야기였다. 그것도 S를 만나는 일요일에. 셰어 메이트들은 하루 정도 수군거리는 것 같더니 모두 동참하는 것으로 의견을 모았다. 어차피 그레이트 오션 로드는 워킹홀리데이를 멜버른으로 오는 사람이라면 한 번쯤은 가 보는 유명한 곳인데 여행사를 통해 가면 50달러에서 100달러는 드니까, 마스터가 공짜로 데려가 주겠다고 할 때 가는 게 이득이라는 계산이었다.

나는 그 손익 계산에 별로 끼어들고 싶지 않았다. 물론 내게도 그레이트 오션 로드는 한 번쯤 가 보고 싶은 명소였지만, 별로 친밀하지도 않은 사람들과 거기까지 가고 싶지는 않았다는 말이다. 아무리 시시한 곳에 머무르더라도 S와 함께 있는 게 나았다.

마스터는 설마 이 나들이에서 빠지고 싶어 하는 사람이 있을 거라곤 상상도 못 하는 듯했고 다른 셰어 메이트들 역시 갑작스러운 나들이를 일종의 단합 대회로 여기는 눈치였다. 안 가면 안 되는 걸까, 하는 마음을 혼잣말처럼 슬쩍 흘렸더니 다들, 왜 안 가? 바보 아냐? 이 좋은 기회를 왜 놓쳐? 하는 식으로 반응해서 솔직히 놀랐다. '그냥' 안 가면 안 되는 거야? '그냥' 자기 하고 싶은 대로 하면 안 되는 거야?

이틀 정도 끙끙 앓다가 마스터에게 아무래도 못 가겠다고 털어놓았다.

"솔직히 셜리는 안 간다고 할 줄 알았어."

마스터는 내 손을 잡고 고개를 끄덕이며 말했다.

"셜리가 조금 겉돌고 있는 거 나도 느꼈거든. 그러니 이런 기회를 통해서라도 다른 셰어 메이트들하고 친해졌으면 좋겠다는 게 내 솔직한 심정인데."

생각해 주는 말 같기는 한데 어쩐지 불편했다. 묘한 기시감도 들었다. 아, 그거다. 담임선생님. 나는 내가 왕따인 줄 모르고, 그냥 썩 친한 친구가 없는 줄로만 알았는데, 그동안 아이들이 나를 은은하게 따돌리고 있었다는 사실을 깨닫게 해 준 선생님. 꼭 그때처럼 바보 같은 기분이 들었다. 내가 가타부타 대답을 못 하니 마스터는 알아서 대화를 마무리 지었다.

"일단 알겠어, 그렇지만 주일 아침에라도 생각 바뀌면 꼭 말해 줘. 알겠지?"

"네."

어렵사리 대답은 했지만 다시 생각해 볼 마음은 추호도 들지 않았다. 토요일 밤 늦게 잠들면서 일요일 오전 알람은 맞춰 두지도 않았다. 그래서 11시쯤 깼다. S에게서 온 전화가 아니었다면 더 늦잠을 잤을지도 모른다.

"일찍 끝났어요. 지금 어디예요?"

"미안해요, 아직 집이에요……."

일어나자마자 한 말이 이것이라는 점을 감안해도 목이 너무 잠긴 것 같았다. 핸드폰을 든 손을 멀리 뻗은 채로 침을 삼켜 보았다. 잘 넘어가지 않았다.

"어디 아파요?"

S는 목소리를 듣자마자 내 상태를 눈치챘다.

"목이 좀 부었나 봐요."

손등으로 턱 아래를 문지르면서 대답하는데, 손등은 차갑고 목은 뜨거웠다. 살짝만 눌러도 숨이 막혔다.

"어떡하지. 많이 안 좋아요?"

"잘은 모르겠지만 오늘은 안 만나는 게 좋겠어요. 지금 출발해도 늦을 것 같고, 옮으면 큰일이잖아요. 감기 같은데."

별로 길게 말한 것 같지도 않은데 목소리가 자꾸 갈라졌다. 목을 가다듬고 다시 한번 침을 삼키고 숨을 골랐다.

"약 필요해요? 사 갈게요."

"안 돼요. 여기 엄청 멀어요."

"셜리가 늘 이쪽으로 오잖아요. 나도 갈 수 있어요."

"절대 안 돼요."

아주 짧은 순간, 내가 보내 준 주소를 구글 맵으로 확인하면서 버스를 타고 와서 이 집의 초인종을 누르는 S를 상상했다. 뒤이어 우리가 함께 있을 때 셰어 메이트들이 들이닥치는 광경도 떠올릴 수 있었다. 뚜렷한 이유는 모르겠지만 엄청나게 부끄러워졌고, 얼굴 전체에 열이 확 올라왔다.

"절대, 절대, 절대 안 돼요. 차라리 내가 시티로 갈게요."

S는 한숨을 내쉬었다.

"그럼 전화 끊을게요. 쉬어요."

"싫어요. 끊지 마세요."

몸이 안 좋다는 것을 인정하고 보니 진짜로 아파 왔다. 온몸이 뻣뻣하고 욱신대고 뜨거워서, 촉각이 살아 있는 채로 난로에 들어간 장작개비가 된 느낌이었다. S의 보라색 목소리를 계속 듣고 싶었다. S의 말을 듣고 있는 동안은 통증으로부터 주의를 돌릴 수 있었다.

"고집쟁이.(Such a hardhead.)"

그렇게 말하는 S의 목소리는 매우 밝고 장난스러운 보라색이었다. 나는 눈을 감고 눈꺼풀 아래가 S의 목소리와 같은 색으로 물드는 순간을 누렸다.

"아픈 사람 부탁인데 거절할 거예요?"

"셜리, 지금 숨 몰아쉬고 있는 거 알아요?"

부끄러워져서 핸드폰을 얼굴에서 떼고 스피커폰 기능을 켰다.

"그러니까 나 대신 말을 많이 해 줘요."

"알았어요. 저, 집에 도착했어요. 옷 갈아입고 조금 뒤에 다시 전화할게요."

"그래요."

전화를 끊고 거실로 나가 물을 마셨다. 부어올라 서로 맞닿아 있는 목구멍을 차가운 물이 비집으며 내려갔다. 한 모금 마시고 목 가다듬고, 다시 한 모금 마시고 흠흠 헛기침을 하다 보니 물 한 컵 마시는 데에 하세월이 걸렸다. 다시 침대에 눕자마자 S에게서 전화가 왔다.

"좋아요. 어떤 얘기부터 할까요?"

"아무 얘기나 좋아요."

"무서운 얘기는 어때요?"

"무서운 얘기는 싫어요."

말한 대로 무서운 얘기를 정말 안 좋아해서 일단 거절했지만, 독일 사람들의 괴담은 어떤 느낌일지 조금 궁금하기도 했다. 사실 궁금한 건 괴담이 아니라 독일 사람들이었다. 그 많은 주말을 함께 쏘다니면서 우리는 호주에 대한 이야기만 했다. 눈앞에 있는 것에 대해서.

"옛날얘기 해 주세요. 어릴 때 얘기."

"어릴 때? 특별한 건 없는데요."

"한국어는 어떻게 배웠는지 같은 거?"

"음…… 할머니 할아버지한테 배웠어요. 되도록 저한테 한국어로 말을 걸려고 하셨거든요. 아주 어릴 때는 할머니 할아버지하고 거의 같이 살다시피 해서 지금보다 훨씬 잘했어요. 할머니 할아버지랑 가깝게 지낼 때는 주말에 한글학교도 다녔고요. 말하는 법은 할머니 할아버지한테 조금 배우고, 읽고 쓰는 법은 한글학교에서 조금 배우고."

"왜 계속 배우지 않았어요?"

"부모님은 싫어하셨거든요. 할머니 할아버지는 저를 한국인이라고 생각했고, 부모님은 아니라고 생각했고."

S의 목소리가 조금 어두워졌다. 뭐라고 해 주면 좋을까. 아파서 생각하는 능력이 조금 마비된 것 같았지만, 아프지 않을 때라도 뾰족한 수는 없었을 것 같았다.

"셜리는 어떻게 생각해요? 내가 한국인처럼 보여요?"

"잘…… 모르겠어요."

내가 줄 수 있는 최선의 답은 그 정도였다.

"나도 그래요."

S는 부드럽게 웃었다. 왠지 모를 미안함을 조금 누그러뜨려 주는 웃음소리였지만 가슴이 조금 저릿했다.

"나도 내가 한국인이라고 생각하진 않아요. 그렇지만 나는 나를 독일인이라고 생각할 수도 없고 영국인이라고 생각할 수도 없어요. 한국인으로도 독일인으로도 영국인으로도 내가 충분하지 않은 느낌이 들어요."

괜한 얘기를 했다는 생각이 들던 참에 갑자기 S의 목소리가 명랑해졌다.

"아, 맞아. 좋은 얘기가 생각났어요. 우리 할머니 할아버지의 로맨스."

나는 눈을 감고 S가 들려주는 이야기를 머릿속으로 그려 보았다. S와 내가 태어나기 전, 우리의 부모님들도 태어나기 훨씬 전, 이야기의 남자 주인공은 한국에서 독일로 날아갔다. 가난한 집의 3남 3녀 중 막내로, 형 둘과 함께 독일행을 지망했는데 어찌 된 셈인지 막내인 자기만 합격해 어리둥절했다. 남자는 광부가 되었다. 열심히 일하고 수입의 대부분을 고향으로 송금했다. 독일 음식이 입에 맞지 않는다며 양배추로 김치를 담가 먹던 동료들과 달리 남자는 뭐든 잘 먹고 건강했는데, 언젠가부터 자주 체하고 머리도 아프게 되었다.

이야기의 여자 주인공은 남자 주인공보다 반년 늦게 독일에 갔다. 간호사로 일하면서 어학원도 다니고 따로 공부도 열심히 했다. 어떤 궂은일이든 마다하지 않는 여자가 똑똑하기까지 하니 병원 사람들이 다들 좋아해 주었다. 독일에 온 지 2년이 지나니 고향 집에선 어서 돌아와 맞선을 보고 시집을 가라고 했다. 여자는 독일 생활이 마음에 들었다. 하고 싶은 공부를 마음껏 하고 사람들에게 인정받는 일을 하면서 돈도 많이 벌고 싶었다.

남자는 곧 한국으로 돌아가야 하는데, 그 전에 병을 고치고 가야겠다고 마음먹었다. 이웃 도시 외곽 병원에 한국인 간호사들이 와 있다는 소문을 듣고 말이 통하는 사람을 찾아 그리로 갔다. 남자는 그 병원에서 여자를 보고 아프길 잘했다고 생각했다. 남자는 독일어를 전혀 못하는 척하면서 여자에게 병세를 설명했다. 사실 그보단 잘할 수 있었기 때문에 "아니, 배 아프고 머리 아프다는 말도 못 해요? 2년 넘게 뭐 했어요?" 하는 여자의 핀잔에 자존심이 상하기도 했지만, 자존심 같은 건 그다지 중요하지 않은 순간이었다.

당시 독일에서 체류하며 일하는 한국인 광부와 간호사들은 3년 단위의 계약을 맺었다. 재계약을 맺지 못해 고국으로 돌아가야 하는 광부들은 간호사 기숙사로 달려가 초인종을 누르며 결혼해 달라고 사정하기도 했다. 그래야 독일에 더 머무를 수 있기 때문이었다. 여자도 그런 일을 몇 번 겪었다. 그래서 남자를 보고서도 그렇고 그런 놈들 가운데 하나가 아닌가 의심했는데, 환자인 것을 알고 마음을 놓았다.

남자는 매일 버스를 타고 편도 60킬로미터의 거리를 달려 병원에 왔고, 두 사람은 3개월 만에 결혼했다.

"그게 끝이에요?"

"네?"

"할아버지는 첫눈에 반한 거였는데, 3개월 사이 할머니 마음에 어떤 변화가 있었는지 모르잖아요."

S는 큰 소리로 웃었다.

"그러네요. 저도 뭔가 이상하다고는 생각했는데 뭐가 이상한지는 몰랐어요. 할머니가 그렇게밖에 말을 안 해서요. 할머니는 그냥 '망할 영감탱이'라고만 하죠."

영어로 된 설명 사이에서 느닷없이 튀어나온 '망할 영감탱이'라는 한국어에 나도 웃음을 터뜨렸다.

"잠깐만요."

S는 웃음을 그치고 사진을 한 장 보냈다. 나는 몸을 굴려 핸드폰 화면을 확인했다. S가 보낸 것은 두 젊은이가 카메라를 쳐다보면서 서로 껴안고 있는 흑백사진이었다.

"우리 할머니 할아버지 젊은 시절 사진이에요."

사진을 보니 웃음기가 싹 가셨다.

"할아버지가 매우 잘생기셨네요."

할머니가 S에게 설명해 주지 않은 많은 부분을 한꺼번에 납득하게 만드는 사진이었다. 나의 진지한 코멘트에 S는 다시 웃음을 터뜨렸다. 한참 웃은 뒤에 S가 말했다.

"독일에 처음 왔을 때 할머니 할아버지의 나이가 지금 내 나이와 비슷했을 거예요. 내가 자라면서 느꼈던 감정과 비슷하고도 다른 문화적 혼란을 늘 마음에 품고 있었을 테고요. 나는 이민자 가정의 아이들이 어느 나라의 국민, 시민이라는 감각 대신 '이민자'라는 제3, 제4의 정체성을 갖는다고 생각해요."

통화 중이라는 것을 잊고 고개를 끄덕였다. S의 목소리는 그 어느 때보다도 보라색이었다.

"이에 대한 이야기를 영화로 만들고 싶어요. 내가 모르는 나의 모국어에 대한 생각."

뜻하지 않게 S의 꿈에 대해 들었다. 그리고 그건 아주 분명하고 멋진 꿈 같았다. 나는 뭘 하고 싶지? 뭐가 되고 싶지? 몸은 아프고 머리는 나른한 와중에 그런 생각이 들었다. 워킹홀리데이가 끝나면 대학에 계속 다닐지, 다른 일을 찾아볼지도 정하지 못한 채였다. 하고 싶은 일도, 할 수 있는 일도 잘 떠오르지 않았다.

"셜리 얘기도 궁금해요. 어릴 때 얘기 좀 해 줄래요? 목 너무 아프면 말고요."

"나도 얘기할래요. 음…… 머리 아파서 잘 얘기할 자신은 없는데. 나도 어릴 때 한국 밖에서 잠깐 산 적 있어요. 1년 정도."

"어디서요?"

"뉴욕이요. 아빠 때문에. 어렸을 때라 잘은 모르겠지만, 그때 돈 엄청 많이 썼을걸요. 그러고 나서 아빠랑 엄마는 헤어졌어요."

아빠는 한국에서 조금 유명한 가수였지만 해외에서는 전혀 통하지 않는 사람이었다. 예술의 영감을 얻고 싶다며 엄마를 두고 뉴욕으로 떠나면서 아빠는 나를 데려갔다. 아빠는 내게도 음악적 재능이 있다고 믿었다. 나는 그 일을 S가 들려준 할머니 할아버지의 로맨스처럼 재미있게 이야기할 자신이 없었다. 그런데도 말하고 싶었다. 끝까지 말할 자신도 없으면서, 말하고 싶은 충동을 느꼈다.

"그렇군요."

S는 캐묻지 않고 그렇게만 말했다. S의 부모님도 S가 어릴 때 헤어졌다고 했지. 그래서 이런 이야기를 들을 때의 예의를 지킬 줄 아는 건가.

"이 이야기는 별로인 것 같아요……. 다른 얘기 할래요. 사실 나는 크리스마스가 싫어요."

"그건 왜죠?"

화제를 바꾸려 한 건 나였는데 곧바로 말문이 막혔다. 말을 꺼내고 보니 그것도 아빠 얘기였기 때문이다. 한동안 말을 하지 않으니 S가 걱정스레 물어 왔다.

"몸 많이 안 좋아요?"

몸보다 기분이 더 안 좋아요. 내가 너무 바보 같아서. 그렇게 말하고 싶은데 왈칵 눈물이 났다. 아무런 전조도 없이. 뭔가 말해야 할 텐데. 아무 말도 하지 않으면 S가 곧 전화를 끊으려 할 텐데. 그런 생각을 하고 보니 울음을 그치는 게 더 힘들어졌다. 하지만 S는 내가 우는 소리를 한참 동안 듣고만 있었다. 눈물이 그칠 즈음 S가 말했다.

"셜리, 이제 자는 게 좋을 것 같아요. 약 있어요?"

"네."

나는 생리 때 먹는 진통제를 떠올렸다.

"그럼 그거 먹고 누워요. 내가 자장가 불러 줄게요."

S의 말대로 약을 먹고 누웠다. S가 독일어 자장가를 불러 주었다. 나도 아는 멜로디였다. 잘 자라 우리 아가, 앞뜰과 뒷동산에…… 노래를 끝내고 S는 쑥스러운 듯 물었다.

"나 노래 못하죠?"

"네."

S는 웃었다. 웃음소리를 들으니 마음이 놓였다.

"목 다 나으면 셜리도 노래 불러 줘요."

"네."

"노래 잘해요?"

"그것보단 잘해요."

"정말 너무하네."

어릴 때긴 하지만 난 음반도 낸 적이 있다구요, 라고 하고 싶었다. 나중에 말해 줘야지. S는 음악적 감각은 없는 것 같으니까, 영화를 만들면 영화 OST는 내가 불러 주면 어떨까……. 약효일 리 없는 잠기운이 슬슬 밀려왔다. 울어서 그런가. 전화를 언제 끊었는지도 모르게 잠들었다가 셰어 메이트들이 떠들썩하게 들어오는 소리를 듣고 잠깐 깼는데, 그냥 계속 자는 척했다. 그러다가 다시 잠들었다.

Track 06

▶

몸살인가, 그럼 잘 자고 일어나면 낫겠지 했지만 오산이었다. 새벽에 땀으로 범벅이 되어 일어난 뒤부터는 재채기와 콧물이 끊이지 않았다.

"대체 어제 어딜 나돌아 다녔길래 이래?"

셰어 마스터는 걱정하는 것 같기도 하고 다그치는 것 같기도 한 투로 말하면서 종합 감기약을 꺼내 줬다.

"아무 데도 안 갔어요."

마스터가 중학교 3학년 때 담임선생님 같다는 생각을 한번 하고 나니 그 이미지를 쉽게 떨칠 수가 없었다. 구름처럼,

연기처럼 겹겹이 쌓여 점점 더 어두워지던 아이들의 목소리와, 그 웅성거리는 잿빛으로 꽉 찬 복도를 힘없이 오가던 십대 중반의 내 모습이 저절로 떠올랐다. 주눅이 들어 고개를 푹 숙이고 있었다. 그 상태로 재채기를 연거푸 두 번 했다.

"안 되겠다, 이래 가지곤 오늘 공장 못 나가지. 내가 가서 얘기할게."

"저, 일할 수 있는데."

셰어 메이트들이 출근 준비를 하면서 힐끔힐끔 쳐다보는 게 느껴졌다. 또다시 재채기가 나려고 했지만 필사적으로 참았다. 참느라 온몸이 부들부들 떨렸다.

"그렇게 떨면서 일은 무슨. 그냥 쉬어."

출근하는 셰어 메이트들과 마스터를 보낸 뒤 맥없이 침대에 누웠다가 곧 잠들었다. 일어나서는 라면을 끓여 먹고 마스터가 두고 간 감기약을 또 먹었다. 휴지 한 롤 반을 혼자 다 썼다. 마스터는 공용 비품이니 아껴 써야 한다는 잔소리를 늘 했다. 돌아오면 또 한숨 푹푹 쉬면서 다그치겠지, 생각하니 서러웠다. 아프고 싶어서 아픈 것도 아닌데.

약 때문인지 나른하긴 했지만 잠은 더 오지 않았다. 잠이라면 일요일부터 질리도록 잤으니 무리도 아니었다. 침대에 엎드려 S와 메시지를 주고받았다. 출근하지 못했다고 하니 자기도 오늘 출근하는 날이 아니었다며 아쉬워했다. 아파서 출근도 못 한 사람이 어떻게 놀러 나갈 수 있겠냐고 하니 병원에 갔다 온 척하면 되지 않느냐고 했다. 그게 무슨 불량 학생 같은 소리예요. 셜리가 너무 성실한 거 아니고요? 티격태격하는 사이 셰어 메이트들이 돌아왔다.

"몸은 좀 어때?"

현관으로 마중을 나갔더니 셰어 마스터가 걱정스러워 죽겠다는 듯이 말했다.

"많이 괜찮아졌어요. 내일은 출근할 수 있어요."

"그게, 셜리, 할 말이 있어."

마스터는 슬쩍 셰어 메이트들 눈치를 살피고는 나를 자기 방으로 데리고 갔다.

"아무리 내가 슈퍼바이저라지만 내가 데려온 사람들 다 커버해 줄 순 없거든. 알다시피 공장장님이 많이 깐깐해."

알긴 뭘 알아요, 나는 면접 보면서 5분 정도 대화할 때나 오며 가며 인사 나눌 때 말곤 눈도 별로 마주친 적 없는 분인데.

"그리고 우리 일, 시간이 워낙 중요하잖아. 그래서 셜리한테 화가 많이 나셨어. 시간을 못 지키는 사람이라고 생각하신 것 같아."

"그럼…… 어떻게 되는 건가요?"

"이제 그만 나오래."

"왜요?"

"왜요, 라니? 처음부터 다시 설명할까?"

머리가 떵하고 시야가 흔들리는 느낌이 들었다.

"아뇨, 괜찮아요. 알겠어요."

"내일 내가 한 번 더 잘 말씀드려 볼게. 그런데 아마 안 될 거야."

나는 마스터의 말을 듣는 둥 마는 둥 하고 내 방으로 돌아왔다. 책상 앞에 앉아 있던 룸메이트 언니가 야, 너 왜 그래, 하며 붙잡으려 했지만 그것도 뿌리치고 침대에 엎드려 이불을 머리끝까지 뒤집어쓰고 울었다.

화요일 저녁에는 셰어하우스에서도 나가 달라는 통보를 받았다. 같은 공장에서 일하는 사람들이 모여 사는 집이라 같이 일하는 사이가 아니면 곤란하다는 것이었다. 알겠다고 했다. 하루아침에 직업도 잃고 집도 잃은 셈인데, 말하자면 망치로 때려서 이미 얼얼해진 곳에 딱밤을 한 대 더 놓은 듯한 충격이었다. 심지어 왜 맞았는지조차 알 수 없었다.

ǁ

이건 진짜 비밀인데, 사실 난 공주가 되고 싶어요. 늘 그랬고 앞으로도 그럴 것 같아요.

어릴 때는 프릴이랑 레이스가 잔뜩 달린 드레스를 입고 사뿐사뿐 걷는 예쁜 사람이 공주라고 생각했어요. 공주를 그려 보세요, 라는 말을 들으면 다들 그런 차림을 한 사람을 그리잖아요. 나도 원래는 예쁘니까 공주가 좋아, 라고 생각했던 것 같은데, 언제부터인가 생각이 바뀌었어요. 내가 공주를 좋아하는 이유는 왕이 될 수 있는 여자여서인 것 같아요. 아무리 무거운 드레스를 입어도 항상 꼿꼿하게 허리를 세우고 있는 사람. 누구와 눈이 마주쳐도 먼저 피할 필요가 없는 사람. 언젠가 왕이 될지도 모르는, 왕이 될 자격을 가진 사람.

이 아이디어의 멋진 부분은, 어떤 사람을 보더라도 그 생각을 하면 무시할 수 없게 된다는 거예요. 저 사람은 사실 정체를 숨긴 공주일지도 몰라. 비록 지금은 힘도 없고 볼품도 없지만 알고 보면 공주일지도 모른다고. 그 사람이 공주인 나라에는 국민이 그 사람 하나뿐일 수도 있지만, 그래도 공주는 공주. 나는 공주 대 공주로 저 사람을 대해야만 해. 이렇게 생각하고부터는 사람의 차림새 같은 걸 오히려 신경 쓰지 않게 됐어요. 공주는 어떤 옷을 입고 있어도 공주니까.

내가 공주를 좋아하고, 공주가 되고 싶어서, 애써 멋진 면들을 찾아내려고 한 걸지도 몰라요. 그렇지만 나는, 공주라는 말을 나쁜 뜻으로만 쓰는 사람들이야말로 공주가 가지고 있는 멋진 면들을 기를 쓰고 외면하고 있는 게 아닌가 하는 의심이 강하게 들어요. 예를 들면, 어떤 여자애를 헐뜯을 때 "자기가 공주인 줄 아나 봐." 같은 말을 하는 사람들이 있잖아요.

그 여자애가 자기를 공주라고 착각하는 게 아니라 진짜 공주라면 어떨까요? 정체를 숨기고 있던 아니, 그 자신조차 자기가 공주인 걸 몰랐던 사람이 공주였다는 사실이 밝혀지는 순간, 공주를 푸대접했던 사람들은 어떤 생각을 할까요?

그런 일이 일어났으면 좋겠어요. 진짜로, 정말로, 단 한 번만이라도 좋으니까.

▶

수요일 기상 기분은 나쁘지 않았다. 미열이 좀 남아 있었지만 적어도 전날처럼 땀에 흠뻑 젖어 일어나지는 않았고, 콧물 공장이라도 된 것처럼 콧물을 쏟아 내던 코도 좀 막히기만 하고 멀쩡했다. 하루 이틀 푹 쉬면 언제 앓았을까 싶게 나아지는데, 그사이 직업을 잃다니. 나는 이제 일할 수 있는데.

한사코 말렸는데도 S는 나를 만나러 오겠다고 고집을 부렸다. 몰라, 어차피 나갈 집인데 주소 알려 줘도 상관없겠지. 구글 맵 링크를 보냈다. S는 버스 도착 예정 시간보다 10분 이른 시간에 도착했다. 나는 외출 채비를 막 마친 참이었다. 초인종 소리를 듣고 미심쩍어하며 나갔더니 현관문 밖에 S가 서 있었다.

"자랑하고 싶은 게 있어서 빨리 왔어요."

S가 비켜서자 뜰에 서 있는 비둘기색 포드 해치백이 보였다. 앞부분은 승용차처럼 생겼고 뒷부분은 트럭처럼 생긴 차. 원래는 까만색이었을 것 같지만 도색하고 너무 오랜 시간이 지난 듯 빛이 바래서 비둘기색이 된 차.

"멋지다!"

얼른 조수석에 올라타서 안전벨트를 맸다. S는 조금 뻐기듯 천천히 걸어와 운전석에 앉았다. 시동을 걸기 전 S는 헛기침을 하고는 콘솔 박스에서 라이방 선글라스를 꺼내 꼈다.

시티로 나가는 길에 나는 그간 마스터에게 들었던 말을 빠짐없이 S에게 전했다. 메시지로 이미 다 했던 얘기지만 뉘앙스를 전하기에는 충분하지 않았기 때문이다. 너무 미주알고주알 얘기하려니 좀 일러바치는 것 같은 기분도 들었지만, S가 나를 대신해서 마스터를 혼내 줄 수 있는 사람은 아니어서 괜찮을 것 같았다. 그렇지만 얘기를 다 듣고 나서 S는 자기가 마스터를 혼내 주겠다고 했다.

"선글라스 끼고 운전하니까 영화에 나오는 킬러가 된 것 같은 기분이거든요."

S는 기어를 잡아야 할 손을 들어 총 모양으로 만들더니 입으로 피욱, 피욱, 소리를 내며 허공에 쏘는 시늉을 했다. S가 부리는 터무니없는 허세가 귀여워 웃을 수밖에 없었다. 빵빵도 아니고 피욱피욱이라니, 킬러답게 소음기 달린 총을 쓰네. 디테일 좀 봐.

"셜리가 말 한마디만, 아니, 고개만 끄덕여도 그렇게 해 줄 수 있어요."

운전도 서툴러서 덜덜 떨고 있는 주제에 무슨 소리람. 나는 고개를 저었다.

S가 사는 아파트에 주차를 하고 '잇 피자'까지 걸어갔다. 피자를 사 먹고 야라강 주변을 산책했다. 그러고 보니 셰어하우스로 이사 간 이래, 주중에 시티로 나온 것은 처음이었다. 어디를 가도 같은 시간대의 주말보다 훨씬 여유롭고 한산해서 좋았다. 바람 잘 쐬었다, 생각하며 시계를 보니 어느덧 셰어메이트들이 퇴근할 무렵이었다. 기분에 다시 그늘이 드리우려 했다. 내가 시계를 봐서인지 S도 시간을 확인했다.

"아, 벌써 이렇게 됐네. 셜리, 퀸 빅토리아 마켓 가 본 적 있어요?"

퀸 빅토리아 마켓이라면 멜버른에서 제일 유명한 한인 슈퍼마켓이 있는 곳 근처였다. S가 사는 아파트 앞이기도 했다.

"나이트 마켓은요?"

나는 고개를 저었다.

"잘됐다. 오늘 같이 가요. 매주 수요일에 하거든요. 유로파 시즌 시작한 지 얼마 안 돼서 재미있을 거예요."

"나이트 마켓이면 늦게 끝나지 않아요? 다들 걱정할 텐데."

"늦게까지 해서 나이트 마켓이긴 한데, 해 지기 전에 시작해요. 그리고 늦으면 어때요. 우리 집에서 자고 가요. 마켓이랑 가까우니까."

S는 더할 나위 없이 상쾌하게 말하고 앞서 걸었다. 한꺼번에 너무 많은 생각을 하게 하는 말이어서 바로 안 된다고 하지 못했다. 하긴 내가 늦는다고 걱정할 사람은 셰어하우스에 없었다. 마음에 걸리는 점은 평소 셰어 마스터가 시티에서 밤 늦게까지 노는 사람들더러 걸레(slut)들이라고 했던 것인데, 어차피 곧 나갈 집, 마스터의 입맛과 눈높이에 나를 맞출 필요는 없을 것 같았다. 말할 것도 없이 헛소리이기도 하니까.

나이트 마켓 개장 시간을 기다리면서 카세트테이프를 구하러 돌아다녔다. 모처럼 녹음 기능이 있는 카세트 플레이어를 갖게 되었으니 얼른 시험해 보고 싶었는데 공테이프가 없어서 못 하고 있었다. 음반 가게들과 다이목(DYMOCK) 같은 대형 서점이 아니라 오피스 워크에서 테이프를 구한 것은 뜻밖이었다. 시간이 거의 다 되어 자포자기하며 마지막으로 들어간 가게였다.

우리는 퀸 빅토리아 마켓까지 개선장군처럼 행진해 갔다. 우리처럼 많은 사람들이 그곳을 향해 가고 있었다. 뉘엿뉘엿 저문 해가 만든 노을 속에서 퀸 빅토리아 유로파 나이트 마켓의 네온사인이 보였다. 평소 한인 슈퍼마켓으로 가는 길에 멀거니 보던 시장과는 영 딴판이었다. 그도 그럴 것이 내가 늘 지나다니는 일요일은 시장이 쉬는 날이어서, 넓디넓은 광장에 아무렇게나 대 놓은 지게차나 마른 채소 쪼가리밖에 없는 것처럼만 보였던 것이다. S는 나이트 마켓을 환하게 밝혀 놓은 따뜻한 불빛 속으로 나를 끌고 들어갔다. 마켓 안쪽 깊은 곳에 있는 무대에서 밴드가 음악을 연주하고 있었고 사람들이 그 앞에서 춤을 추고 있었다. 마음이 들썩거렸다. 춤추고 싶어요? S의 물음은 밴드의 연주에 묻혀 아주 작게 들렸다. 아뇨, 무대에 올라가고 싶어요! 정말로 너무도 그러고 싶어서, 가슴이 울렁거려서, 토할 것 같은 기분마저 들었다.

밴드가 무대를 내려올 때까지 그 앞에 서 있다가, 다음 순서로 DJ가 올라오는 것을 보고 물러났다. 나이트 마켓을 돌아다니면서 가게들을 구경했다. 비누, 향초, 과일청 같은 핸드크래프트 제품을 파는 가게가 대부분이었고 조금 으스스한 분위기의 목각인형을 파는 가게, 삑삑 소리를 내는 기계 쥐와 자전거를 탄 인간 모형이 트랙을 끝없이 달리는 완구처럼 특이한 물건을 파는 가게도 꽤 있었다. 너무 넓은데 사람은 많아서 하룻밤 안에 모든 가게를 둘러보는 건 불가능해 보였다.

돌아다니다 보니 출출해져서 먹거리를 사 보기로 했다. 나이트 마켓에서 제일 큰 가게들은 모두 먹거리를 파는 가게였는데, 어디를 가나 줄이 길었다. 그나마 제일 줄이 짧은 가게는 마켓 A동 한가운데에 있는 '헬스 키친(Hell's Kitchen)'이었다. 가까이서 보니 끼니를 때우거나 간식으로 삼을 만한 즉석 먹거리를 파는 가게가 아니고 핫소스와 고추기름을 취급하는 곳이었다. 헬스키친 간판에는 작은 글씨로 '조애나의(Joanna's)'라는 말도 쓰여 있었고 빨간 점프수트를 입은 작은 악마가 얼얼한 혀를 식히느라 손을 파닥거리는 일러스트도 있었다. 가게를 지키는 사람은 인자하고 선하게 생긴 할머니였다. 아마도 이분이 조애나겠지, 생각하며 시식을 청했다.

"몇 단계?"

할머니는 매운맛의 강도를 5단계로 나눠 표시한 차트를 보여 주며 물었다. 농담이시겠죠, 할머니. 당신은 백인이고 영국인의 후예이며 뭣보다…… 할머니잖아요. 저는 불닭볶음면의 나라에서 온 젊고 건강한 한국인이라구요.

"제일 매운 거(the hottest one) 부탁해요."

조애나 할머니는 시식용 나초에 5단계 핫소스를 찍어 성찬식을 하는 신부님처럼 내 입에 넣어 주며 말했다.

"즐겨.(Enjoy it.)"

그 뒤 잠깐 동안은 기억이 나지 않는다. 입속을 주먹으로 맞은 것 같았기 때문이다. 정신을 차리고 보니 S가 내 어깨를 흔들며 괜찮냐고 거듭 묻고 있었다. 종일 막혀 있던 코는 뻥 뚫리고 눈에는 눈물이 고인 채였다. 조애나 할머니가 처음처럼 인자하게 보이지 않았다. 또 보자구, 인사하는 할머니를 뒤로하고 우리는 도망치듯 자리를 떴다.

아마 음악 수행평가 때문이었을 거예요. 독일에도 비슷한 게 있으려나? 집에서 해 온 과제나 실습 내용 같은 걸 성적에 포함시키는 거 말이에요.

중학교 3학년 2학기 음악 수행평가가 악기 연주였어요. 우리 반 아이들 절반 이상은 자신 있게 연주할 수 있는 악기가 세 가지쯤 있었을걸요. 피아노, 바이올린, 플루트. 첼로나 콘트라베이스를 배우는 애도 있었고 피아니스트가 꿈인 애도 세 명. 조금 잘사는 동네에 있는 학교여서 그랬겠죠. 예체능 과목도 잘 준비해 둬야 해외 유학 갈 때 유리하다고 들었어요.

아무튼 요약하면, 자신 있는 악기로 자신 있는 곡을 연주하면 그에 따라 점수를 주는 시험이었다는 거예요. 나는 기타를 치기로 했어요. 기타는 어릴 때부터 아빠한테 배워서 조금 칠 줄 알았거든요. 그런데 몇 년 만에 쳐 보려니까 코드도 대부분 까먹고 손도 둔해져 있더라구요. 그래서 아빠한테 도움을 청했죠. 한 달에 두 번 정도 주말마다 아빠하고 보내는 시간이 있었는데, 수행평가를 앞두고는 주말 동안 아예 아빠하고 합숙 훈련을 했어요. 아빠가 귀찮아하지 않을까, 엄마는 걱정했지만, 아빠는 오히려 대환영하는 눈치였어요. 내 딸이 음악 수행평가 일등을 못하면 말이 안 되지, 라는 식으로. 아빠는 자기 노래 중에서 쉬운 코드 리프로 된 곡을 연습시키면서 노래도 가르쳐 줬어요. 기타를 치면서 하는 노래는 연주의 일부라면서. 연주에 노래를 더하는 건 내 생각에도 좋은 아이디어 같았어요. 좀 연습을 해 봤더니, 노래를 부르면서 기타를 치면 코드 순서가 덜 헷갈렸거든요.

실기 평가를 하던 날 음악 선생님이 박수를 쳐 준 사람은 나밖에 없었어요. 반에서 두 명만 받을 수 있는 A+ 점수도 받았구요. 감사한 일이었지만, 적당히 중간 점수를 주셨으면 더 좋았을 거예요. 그 일로 쓸데없이 아이들의 주목을 모아서 본격적으로 따돌림을 당하기 시작했거든요.

나한테 "아빠가 스펙이네."라고 비웃고 째려보던 아이들한테 뭐라고 해 주면 좋을지 지금은 알아요. 너네 아빠는 음대 교수잖아. 그리고 이건 그렇게 중요한 시험도 아니잖아. 평소엔 모범생이 아닌 척하느라 기를 썼으면서, 왜 이 시험엔 목숨이라도 건 것처럼 굴어?

하지만 이런 건 스무 살이 넘은 내가 열여섯 살짜리 여자애들을 상대로 하는 상상에 불과해요. 더 심한 일도 많았지만, 그래서 나도 더 심한 말을 해 주고 싶다는 상상도 하지만 그 얘기는 하지 않을래요.

▶

나이트 마켓에서 네팔식닭구이와 커다란 빵 속을 파내고 수프로 채운 요리를 사 먹었다. 맛은 그런대로 좋았지만, 사람이 너무 많아 테이블 자리에 앉지 못하고 선 채로 먹었더니 든든하게 잘 먹었다는 생각은 아무래도 들지 않았다. 우리는 퓨어 블론드와 VIC 같은 호주 맥주와 에너지 드링크를 잔뜩 사서 S의 셰어하우스로 갔다. S가 사는 셰어하우스는 아파트 3층에 있었다. 방이 세 개인데 모두 2인실이며 마스터는 함께 살지 않는다고 했다.

나와 S, 그리고 S의 룸메이트인 피터까지 셋이서 맥주를 마셨다. 그러다 피터의 제안으로 린다를 불렀다. 린다는 도라를 데리고 나타났다. 도라가 올 때쯤 나는 이미 꽤 취해 있었기 때문에 별로 기분이 나쁘지 않았다.

정확히 어떤 얘기를 나눴는지는 잘 기억나지 않지만 엄청나게 많이 웃긴 했다. 영어를 모국어 삼지 않는 많은 사람들이 그렇듯 내게는 내용과 문법을 머릿속으로 체크한 다음 천천히 말하는 습관이 있었는데, 취하니까 아무 고민 없이 아무 말이나 술술 나왔다. 옆방 사람들한테 조금만 조용히 해 달라는 주의를 두 번 정도 받았다. 피터가 어깨를 으쓱하더니 저쪽 방은 우리보다 훨씬 시끄러운 파티를 자주 하니 신경 쓸 필요 없다고 했다.

깨어 보니 도라와 린다는 돌아가고 없었다. 나는 이층 침대의 아래층에 누워 있었고, 위층에서 코 고는 소리가 들렸다. 피터인 듯했다. S는 내가 누워 있는 침대의 발치에 한 팔을 기대고 거기에 머리를 댄 채 잠들어 있었다. 이불 너머 내 무릎에 S의 팔꿈치가 닿아 있는 게 느껴졌다.

그 순간, 내가 이 사람을 좋아한다는 깨달음이 피할 길 없는 파도처럼 나를 뒤덮었다.

이 사실에 순응해야 했다. 내게 이 사람이 '있다'는 사실 자체가, 이토록 큰 위안과 감사를 불러일으킨다는 것에. 이 사람을 알게 된 이후 나는 내내 이 사람을 필요로 해 왔는데, 그 사실을 애써 모른 척해 온 것 같았다. 그걸 인정하는 일에는 기묘한, 지금까지 한 번도 느껴 보지 못한 종류의 감동이 있었다. 나는, 좋아한다, 이 사람을. 이 사람이 좋다. 이 사람을 좋아한다. 나에게 그건 아주 단순하고도 파괴적인 사실이었다.

그런 생각을 하면서 S의 잠든 얼굴을 뚫어져라 보고 있는데 S가 눈을 떴다. 그리고 특유의 보라색 목소리로 아침 인사를 했다.

"일어났어요?"

그 목소리를 듣는 순간 내가 이 사람을 좋아한다는 사실, 세상 모든 사람을 하나하나 붙잡고 털어놓고 싶은 그 사실을 이 사람한테만은 끝까지 비밀로 하고 싶다는 것 또한 깨닫게 되었다.

핸드폰을 보니 12시가 넘어 있었다. 룸메이트 언니한테서 전화 한 통, 모르는 번호로 온 전화 한 통이 부재중 기록으로 남아 있었다. 마침 점심시간일 언니에게 전화를 걸어 나 괜찮다고 말해 주고 모르는 번호로 온 전화에 누구시냐고 묻는 메시지를 보냈다. 곧바로 전화가 왔다.

"셜리?"

"네, 셜리인데요. 누구세요."

"셜리예요."

아, 클럽 사람이구나. 딱히 무슨 범법 행위를 하고 다닌 게 아닌데도 모르는 번호로 전화가 와서 조금 놀란 참이었다.

"무슨 셜리요?(Shirley who?)"

"벨머린이에요."

치즈 마니아 벨머린 아주머니였다. 그러고 보니 평소보다 톤이 높고 말이 빨라 바로 알아채지 못했지만 특유의 진한 크림색 목소리였다. 내가 며칠째 공장에 나오지 않아 걱정이 된다는 것이었다.

"저 해고됐어요."

"그게 무슨 소리예요?"

영어로 뭔가를 설명할 때는 직접 만나서 이야기하는 것보다 전화로 하는 게 훨씬 어렵다는 것을 알게 되었다. 전날 마신 맥주 때문에 아직 머리가 멍한 채이기도 했다. 나는 횡설수설하며 셰어 마스터에게 들은 이야기를 벨머린 아주머니에게 전했다.

"그랬군. 곧 런치 브레이크가 끝나니 나중에 통화해요."

아주머니는 걱정되어서 전화했다는 사람치고는 급하게 전화를 끊었다. 점심시간이라면 아직 20분도 더 남아 있는데 왜 서두르시지?

통화 소리에 깨어난 피터가 이층 침대에서 내려왔다. S와 피터와 나는 각자 어느 나라의 전통대로 해장을 할 것인지 말씨름을 벌였다. S는 에스프레소를 마셔야 한다고 주장했고 피터는 피자를 먹어야 한다고 주장했으며 나는 한인 슈퍼마켓에서 라면을 사 와야 한다고 주장했다. 삼파전 도중 피터가 린다한테서 온 메시지를 보여 주었다. 도라랑 같이 햄버거를 먹으러 간다는 것이었다. 꽤 괜찮은 생각 같았다. 걸어서 갈 수 있는 거리에 햄버거 가게가 있는 집에서 묵은 건 오랜만이니 그렇게 해 보기로 했다.

헝그리잭에서 햄버거를 먹는데 다시 벨머린 아주머니한테서 전화가 왔다. 점심시간도 끝났을 텐데 갑자기? 햄버거를 내려놓고 시끌시끌한 매장을 나와 길가에서 전화를 받았다. 부탁도 안 했는데 S가 따라 나왔다.

"오해가 있었나 봐요. 다시 와서 일해도 좋대요."

벨머린 아주머니가 흥분한 목소리로 말했다. 급하게 전화를 끊으신 건 그래서였구나, 어떻게 된 일인지 물어보려고. 조금 놀랐지만 그 말이 그렇게 기쁘지 않았다. 이렇게 쉽게? 혹시 호주인, 그것도 오래 일한 직원이 항의해서 받아 주기로 한 건가?

"다시 와서 일하라구요?"

벨머린 아주머니의 말을 반복해 되물으며 S의 얼굴을 보았다. S는 어떤 말도 하지 않았다. 입으로도, 표정으로도.

"아니에요. 다시 돌아가지는 않을래요. 물어봐 주셔서 감사해요."

"오, 돌아와도 비난할 사람은 아무도 없어요. 다 괜찮아요."

"그런 게 아니에요. 저는 워킹-홀리데이-메이커잖아요. 워킹을 해 봤으니 이제부터는 홀리데이를 즐겨 보고 싶어요. 제 의지로 그만둔 건 아니지만, 이왕 그만둔 거, 한번 놀아 보려고요."

벨머린 아주머니는 조금 혼란스러워하다가 알겠다고, 클럽에서 만나자고 인사했다. 물론 나를 위해서 문의와 항의를 해 준 벨머린 아주머니에게 감사하다는 인사를 하는 것은 잊지 않았다.

"고맙긴요.(No worries.)"

호주 사람들이 유어 웰 컴 대신 쓰는 이 인사가 처음으로 완전히 이해되었다. 걱정할 것 하나도 없어요. 그러니까, 괜찮아요.

햄버거를 먹고 버스를 타고 셰어하우스로 돌아왔다. S와 더 같이 있고 싶었지만 품위를 지키고 싶은 마음도 컸다. 얼른 집으로 돌아가 씻고 싶었다. 곧 떠나야 할 마당에 집, 이라고 부르자니 약간은 서먹한 느낌도 들지만 어쨌든 집은 집이니까.

퇴근 시간이 되자 셰어 메이트들이 우르르 들어왔다. 굳이 알은체할 생각은 없었지만 문이 열려 있어서 그냥 보았는데, 셰어 마스터는 돌아오지 않은 것 같았다. 룸메이트 언니가 방으로 우당탕 들어오면서 대박 대박, 하고 외쳤다.

"야, 우리 마스터 공장 잘릴 수도 있대."

"뭐? 진짜?"

최대한 초연한 척하려 했지만 그런 소식을 듣고도 쿨한 태도를 유지할 순 없었다.

언니는 점심시간에 있었던 소동에 대해 들려주었다. 포장 파트에서 일하는 아줌마 하나(벨머린 아주머니를 말하는 거겠지.)가 마스터에게 와서 셜리가 이런 말을 하던데 사실이냐고 따졌고, 그대로 공장장에게까지 데려가 삼자대면 식으로 이야기를 했다는 것이다. 알고 보니 그런 식으로 마스터가 잘라 버린 한국인 직원이 내가 처음이 아닌 모양이었다. 자기가 데려와 취직시켜 놓고 자기 마음대로 안 되면 공장에서 너 그만 나오래, 라고 말하는 것. 그리 영어를 잘하는 편이 아닌 직원들은 정말 그런 줄로만 알거나 뭔가 미심쩍어하면서도 공장에 직접 항의할 깜냥이 못 되어 그대로 무단결근을 했고, 공장에서는 이런 사정을 모른 채 무단결근이 누적된 직원을 해고해 온 것이다. 그러다 이번에 벨머린 아주머니한테 꼬리를 밟힌 것이고.

나한테 자기가 한번 잘 얘기해 보겠다며 안타까운 척하던 마스터의 표정이 떠올랐다. 너무 어이가 없어서 할 말이 떠오르지 않았다.

"너 다시 일하게 해 준다고 했는데 거절했다며. 무슨 일인지 다 알고 있었던 거야?"

"아니, 몰랐어."

갑자기 눈물이 주룩주룩 났다. 내가 뭘 잘못했길래 마스터가 나를 그렇게 미워하게 되었는지 짐작이 가지 않았다. 룸메이트 언니는 달래거나 다그치는 대신 코 풀 휴지를 갖다 주고 방문을 닫았다.

"내 생각에는 자기만의 쓰리 스트라이크인 것 같아. 너 단체행동 안하잖아. 일단 저번에 불꽃 축제도 안 갔고, 그레이트 오션 로드도 안 갔지. 나머지 하나는 뭔지 모르겠다. 와중에 아프다니까 잘 걸렸다 싶었겠지."

언니는 마스터가 나를 미워하는 이유를 나보다 훨씬 더 많이 생각해 본 것 같았다. 그건 마스터가 나를 미워한다는 사실을 진작에 눈치채고 있었다는 의미이기도 해서, 왜 알고도 아무것도 해 주지 않았는지 잠깐 원망도 해 보았지만, 다시 생각해 보니 딱히 언니가 뭘 할 수 있는 상황은 아니었던 것 같아서 금세 마음이 풀렸다. 오히려 아주 잠깐이지만 언니를 원망한 게 부끄러웠다.

"나는 나머지 하나가 뭔지 알 것 같아. 나 그레이트 오션 로드 안 간다니까 마스터가 따로 불러서 다른 셰어 메이트들하고 잘 좀 어울려 보라고 했거든."

내 입으로 말하면서도 어이가 없었다. 고작 그런 이유로 사람을 쫓아내려 하다니. 나로서는 그런 악의는 상상하기도 힘들었다.

"그거 맞는 것 같다. 내가 보기엔 4인실 애들이 너 재수 없어 하거든. 그리고 마스터는 걔네 눈치 보고."

"그건 무슨 말이야?"

"마스터가 주책 부리는 거지. 4인실 애들이랑 친구 먹고 싶은 거야. 걔네 다 잘 꾸미고 잘 뭉쳐 다니니까. 꼭 일진 같잖아. 웃기는 건 뭔지 알아? 4인실 애들은 마스터 언니 엄청 아래로 보는 거야. 저번에 마스터 핵찌질이 같다고 지들끼리 숙덕거리더라. 아직도 중고딩 때 서열 따지던 버릇을 못 버린 거지. 막상 마스터 언니 앞에선 쪽도 못 쓰고 뒤에서나 그렇게 씹으면서."

그러면서 언니는 4인실 애들이 나를 미워하는 건 질투 때문이라고 설명했다. 자기들은 뒤에서나 마스터를 비웃고 까내릴 뿐 마스터가 하자는 건 다 하는데, 자기들이 그렇게 눈치를 보는 마스터의 말을 별 고민도 없이 거스르는 게 재수 없는 거라고.

"셰어 많이 살아 봐서 이상한 셰어 마스터 꽤 봤는데, 이제 보니까 여기가 제일 이상한 것 같아. 나도 곧 나가려고."

불을 끄고 각자의 침대에 누운 다음에 룸메이트 언니는 그렇게 말했다. 그렇구나, 이 집 나가도 미련 하나도 없을 줄 알았는데 언니랑 헤어지게 되는구나. 그런 생각을 하니 가슴이 조금 아렸다. 새콤하고 단단한, 언니의 라임빛 목소리가 그리워질 것 같았다.

"그런데 너 어제 있었던 일 나한테 말 안 해 줄 거야?"

어둠 속에서 언니가 물었다. 나는 S와 나이트 마켓에 갔던 이야기를 짧게 들려주었다. S를 좋아하는 것을 깨달았다는 말은 굳이 하지 않았다. 그런데도 언니는 혀를 쯧쯧 찼다.

"꾼이네, 꾼이야. 단단히 걸렸구만, 우리 셜리."

그런 거 아니라고 하고 싶었지만 언니를 속일 수는 없을 것 같았다.

잠이 안 와서 말똥말똥 눈을 뜬 채 누워 있는데 현관문 열리는 소리가 났다. 마스터가 돌아온 모양이었다. 나가서 한 마디 해 줘야 하나, 하는 생각이 들었지만, 하고 싶은 말이 없었다.

머릿속으로 줄곧 S만 떠올리고 있었다.

SIDE B

Track 07

‖

   예전에 쓰던 일기를 보면 나는 뭐든 두 가지로 나눠서 말하기를 좋아하는 사람이었던 것 같아요. 세상에는 두 가지로 나눌 수 있는 것과 나눌 수 없는 것, 이렇게 두 가지가 있습니다…… 이런 식으로 말이에요. 아리스토텔레스 생각도 나요. 아리스토텔레스는 서양 철학사 첫 챕터에 나오는 사람 중에 하나거든요. 이원론이라고, 둘로 나누기의 원조라고 할 수 있죠. 그건 그렇고 아리스토텔레스를 영어로는 아리스 '터틀'이라고 읽는다면서요? 그걸 다시 한국어로 옮기면 아리스-거북이가 되는데. 아, 또 주제와 상관없는 얘기를 해 버렸네.

혹시나 나중에 위대한 사람이 되어서 자서전이나 잠언집 같은 걸 낼 기회가 생기면 맨 첫 장에 그 말을 쓰려고 해요. 세상은 두 가지로 나눌 수 있는 것과 나눌 수 없는 것, 둘로 되어 있다는 말. 사물이나 개념들을 두 가지로 나눠 보면, 서로 대조되거나 비교되잖아요. 극과 극이 되거나 닮은꼴이 되거나. 이것 보세요, 나 또 두 가지씩 말하고 있죠.

둘로 나누기에 대해서 말한 다음에는 이 말도 해야 해요. "사람들을 압도하려면 항상 두 가지를 동원해야 한다. 스케일과 디테일."

내가 봤을 땐 정말 그렇거든요. 사람들은 어마어마하거나 아주 섬세한 것에 경이를 느껴요. 제일 효과적인 건 단순한 정보 하나에 두 가지를 다 담는 거예요.

내가 당신을 얼마나 만나고 싶어 했는지를 나는 킬로미터 단위로 환산할 수 있어요. 당연히 그건 내 마음의 스케일과 디테일을 정확하게 표현하는 방법이 아니지만, 공평하게 말하자면, 그건 정확하게 표현하는 게 불가능한 정보잖아요. 사실 이건 힌트에 가까운 거죠. 다른 사람에게는 절대로 정확하게 전달할 수 없는 마음을, 느낌을, 측정 가능한 단위에 맡기는 거예요. 그것만으로도 사람은 압도되게 마련이니까. 압도적인 숫자 이상으로 어마어마한 마음이 그 뒤에 있다는 걸 누구나 상상할 수 있잖아요.

　토요일에는 클럽 사람들과 함께 왕립 식물원에 갔다. 벨머린 아주머니가 나를 픽업해 주었다. 차를 타고 가는 길에 아주머니와 대화를 많이 나눴다. 아주머니는 내가 공장에 다시 다니지 않기로 한 걸 끝까지 이해하지 못했지만, 내가 호주에서 멋진 추억을 많이 만들기를 바란다고 했다. 그리고 더 셜리 클럽이 늘 곁에 있다는 걸 기억해 달라고. 그 말씀에 그만 코끝이 찡해졌다. 벨머린 아주머니가 공장에서 나를 위해 항의해 준 건 더 셜리 클럽을 그만큼 사랑한다는 의미였다. 나는 우연히 영어 이름을 셜리라고 지었을 뿐인데 오랫동안 누적된 은행 이자 같은 그 두둑한 애정을 거저 받고 있는 거고. 그렇게 생각하니 나도 클럽을 위해 뭔가 하고 싶은 마음이 들었다. 그렇지만 공장에 다시 다니고 싶은 의욕은 조금도 생기지 않았다.

　호수가 보이는 장미 정자에서 해먼드 할머니의 자작시 낭송을 들었다. 더 셜리 클럽을 위한 찬가 같은 것이었다. 영어로 된 시여서 그런지, 의미는 알겠는데 딱히 감동적이지는 않았다. 집중해서 들었다면 좀 달랐을지 모르겠다. 사실 내 신경은 온통 다른 쪽으로 가 있었기 때문이다. 벨머린 아주머니에게는 미안하지만 차 안에서도 반쯤은 계속 넋이 나가 있는 채였다. 나이트 마켓에 갔다가 술을 마시고 헤어진 이후, S에게서 연락이 없었다.

기다리다 못해 내가 먼저 메시지를 몇 통 보내기도 했는데 답장을 받지 못했다. 이상했다. 같이 자고 난 다음 갑자기 연락을 끊고 자취를 감추는 사람들이 있다는 이야기는 들어 봤지만, 그 경우에는, 섹스를 했을 거 아니야. 내가 아무리 경험이 없다 해도 그 정도는 안다고. 우리는 공식적으로 아무 사이도 아니고, 섹스는커녕 뽀뽀 한번 해 본 적 없는데. 그냥 갑자기 내가 싫어져서, 꼴도 보기 싫어져서 아무 연락도 않을 수도 있지만, 그런 거라면, 내가 보낸 문자에 예의상 짧은 답장을 할 수는 있지 않나? 내 생각에 S는 아무리 싫은 사람에게도 그 정도 예의는 차릴 줄 아는 사람이었다. 만약에 그럴 수도 없을 만큼 싫은 상대가 있다면? 바로 내가 S에게 그런 사람이라면? 냉정히 따져 보면 하루아침에 그렇게 날 싫어하게 되었을 리 없다는 생각이 들었지만, S가 연락을 하지 않는 것이야말로 실제 상황이라서 불안이 가시지 않았다.

S를 알게 된 이후로 S와 한마디도 주고받지 않은 날이 하루도 없었다. 급기야는 S가 원망스러워졌다. 하루도 나를 심심하지 않게 해 주다가 갑자기 이렇게 온데간데 없어져 버리면 나더러 어쩌란 말이냐고.

"리틀 셜리, 우는 건가요?"

해먼드 할머니가 놀란 듯 물었다. 무려 세 편의 시를 낭송한 다음이었다.

"어머나, 정말 울고 있네."

"시에 그렇게나 감동한 거야?"

할머니들이 너도나도 손수건을 꺼내 들고 다가왔다. 나는 손등으로 대충 눈물을 훔쳤지만 콧물은 어쩔 도리가 없었다.

"괜찮으니 코 닦아요."

옆에 있던 마르테이즈 할머니가 자기 손수건을 내 손에 쥐여 주었다. 빨간 체크무늬 손수건에 금색 실로 S. M.이라는 이니셜이 새겨져 있었다.

"죄송해요. 빨아서 돌려드릴게요."

"아니야, 이런 손수건쯤 100장은 더 있어요. 가져도 돼요."

S. M.이라는 글자가 수놓인 손수건이 100장이나 있고 그중 한 장을 내가 가진다고 생각하니 웃음이 날 뻔했다.

"리틀 셜리는 최근에 공장에서 억울하게 쫓겨났어요. 혹시 그것 때문이 아닌지 몰라."

벨머린 아주머니가 분통을 터뜨렸다. 불똥이 엄한 곳에 튀기 전에 막아야 했다.

"그게 아니고요. 사실은."

클럽 멤버들에게 그간의 자초지종을 들려주었다. 본의 아니게 공장을 그만두게 된 건 벨머린 아주머니가 해결해 주어서 괜찮다는 말도 덧붙여서. 장미 정자에 앉아 있는 할머니들 중 대부분은 퍼레이드 뒤풀이 장소였던 스포츠 펍, 또는 모튼 할머니네 개러지 세일에서 S를 본 적이 있어서 설명이 어렵지 않았다.

"좋은 사람 같았어요. 그렇게 갑자기 연락이 두절되었다면, 틀림없이 무슨 사정이 있었을 거예요."

해먼드 할머니가 신중한 표정으로 말했다. 내 생각도 그랬다. 아무도 내게 그 생각이 옳다고 말해 주지 않아서 믿음이 흔들렸을 뿐. 할머니가 그렇게 말해 주니 마음이 다시 단단해졌다. S는 그렇게 무례하게, 일방적으로 연락을 끊어 버릴 만큼 나쁜 사람이 아니었다. S가 내게 전하지 못한, 내가 알아내지 못한 어떤 사정이 있는 게 분명했다.

혹시 사고가 나서 기억을 잃었거나 목숨이 위태로운 상황이면 어떡하지? 진짜 나쁜 사람한테 납치, 협박, 고문을, 아니그 이상을 당하고 있으면 어떡하지? 겨우 그쳤던 눈물이 다시 나오려고 했다.

"리틀 셜리! 지금 무슨 생각 하는지 알지만, 그런 생각은 말아요. 우리가 한번 알아보죠."

해먼드 할머니가 선언조로 말했다. 위엄이 느껴지는 어조에 눈물이 거짓말처럼 멎었다.

"고마운 말씀이지만……."

너무 민폐일 것 같아요, 를 영어로는 어떻게 말하지?

"다들, 저한테 너무 많이 베풀고 계시잖아요."

나는 민폐라는 말의 뜻을 옮기기를 포기하고 '투 머치'를 강조해서 말했다. 해먼드 할머니는 가만히 고개를 저었다.

"우리 클럽의 모토가 뭐였지요?"

"재미, 먹거리, 친구!"

할머니들이 입을 모아 Fun, Food, Friend라고 외쳤다.

"그중에 제일 중요한 건?"

"친구!"

할머니들이 다시 제창했다. 해먼드 할머니는 미소를 지었다.

"들었죠? 더 셜리 클럽에 셜리보다 중요한 건 없어요. 우리는 모두 셜리고, 우리는 모두 셜리를 아끼죠. 부담 느끼지 말아요. 우리가 도울게요. 셜리를 돕는 게 우리를 돕는 거니까."

상황은 답답했지만 해먼드 할머니의 스피치가 감격적이어서 또 찔끔 눈물이 났다. 나는 마르테이즈 할머니의 코 푼 손수건을 접어 눈물을 닦아 냈다. 양옆의 할머니들이 내 등을 다정하게 쓸어 주었다. 이렇게 눈물만 흘리다가는 S. M. 손수건 100장도 모자랄 거야. 이제는 움직여야 했다. 울 시간 같은 건 없었다.

*

월요일에 도라가 일하는 헝그리잭에 찾아갔다. 일요일에 같이 피자를 먹은 적이 있고 지난 수요일 밤과 목요일 낮에도 함께 있었으니 월요일에는 일하고 있을 확률이 높다고 생각했고, 그 생각은 대략 적중했다. 월요일에 도라를 만나지 못하면 도라가 출근할 때까지 매일 헝그리잭에 가서 기다릴 참이었는데, 첫 시도가 성공해서 다행이었다.

"주문."

도라는 나를 알아보았으면서도 건조하기 짝이 없는 목소리로 말했다.

"피터 전화번호 좀 알려 줘."

"그건 왜? 주문 안 할 거면 저리 비켜."

손님이 없는데도 도라는 쩨쩨하게 굴었다.

"피터한테 물어볼 게 있어. S가 어디로 갔는지 알아봐야 해."

도라의 예쁜 양 눈썹이 순간 치켜 올라갔다가 제자리로 돌아왔다.

"그걸 네가 알아서 뭐 하게?"

"알고 있어? S가 어디로 갔는지?"

"몰라."

도라는 포스기를 신경질적으로 두드렸다. 삑삑거리는 소리 말고는 아무것도 나오지 않았다.

"그러니까 피터한테 물어볼 거야. 전화번호 좀 알려 줘. 부탁할게."

"그걸 내가 너한테 왜 알려 줘야 하냐고."

"너는 S를 좋아하잖아."

도라는 눈을 동그랗게 뜨고 나를 쳐다보았다. 아차 싶었지만 티를 내지는 않았다. 도라가 자꾸 틱틱거려서 화도 나고 자존심도 상하는데 대화를 그대로 그만두면 내 손해라는 생각을 하다 보니 말이 아무렇게나 나가 버린 것이었다. 도라는 나를 노려보다가 다시 새침한 표정을 지었다.

"너도 좋아하잖아. 내가 누구 좋으라고 널 도와줘야 해?"

"S에 대해서 직접 알려 달라는 게 아니야. 피터랑 얘기할 수 있게 해 주면 내가 알아서 할게. 제발."

플리즈. 플리즈. 플리즈. 빌다시피, 매달리다시피 사정해도 통하지 않았다.

"어차피 피터랑 린다는 지금 멜버른에 있지도 않아."

도라는 그 말을 하면서 비로소 웃었다. 퀴즈쇼 결승전 마지막 문제를 두고 나보다 먼저 버저를 누른 듯이 의기양양한 미소였다.

"그거면 됐어."

도라의 미소가 한순간에 구겨졌다. 혼자 보기 아까운 얼굴이었다.

"그게 무슨 뜻이야?"

"무슨 뜻이냐면, 네겐 날 도와주고 내 진실한 감사를 받을 기회가 있었는데, 네가 그걸 놓쳤다는 뜻이야. 너 스스로 기회를 차 버린 거라고."

"헛소리 하지 마, 이…… 중국인 꼬맹아."

도라는 그 희디흰 얼굴을 조애나의 핫소스처럼 붉히며 이를 갈았다. 더는 화도 나지 않았다. 이미 화가 머리끝까지 나 있었기 때문인지, 도라의 말이 너무 유치해서인지 헷갈렸다. 그대로 떠날까 잠깐 고민하다가, 한마디 해 주지 않으면 나중에 잠이 안 올 것 같아서 입을 뗐다.

"S가 너를 왜 안 좋아하는지 알겠다. 이 인종차별주의자야.(You racist.)"

"뭐라고?"

도라는 카운터를 탕 내리쳤다. 주방과 연결된 스피커에서 무슨 문제 있냐는 목소리가 흘러나왔다. 나는 뒤도 돌아보지 않고 헝그리잭을 나왔다. 한동안 빠른 걸음으로 걸은 것은 도라가 따라 나올까 봐 겁이 나서가 아니라(완전히 아닌 것은 아닌 것 같기도 하지만) 시간이 없어서였다. 최대한 빨리 멜버른을 떠나야만 했다.

피터와 린다의 행방은 일요일 오전부터 알고 있었다. 빅토리아 지부에서 제일 컴퓨터를 잘한다는 셜리 아케인 할머니가 S의 페이스북 계정을 찾아 줬기 때문이다. 확인해 보니 S는 페이스북 계정을 만들어 두기만 하고 활동을 안 하는 것 같지만, 최근 친구가 올린 사진에 S의 계정이 태그되어 있다고 했다. 아케인 할머니가 보내 준 메일에는 피터의 페이스북 주소와 피터가 올린 사진의 캡처 파일이 첨부되어 있었다. S의 비둘기색 포드 왜건 트렁크에 여행용품이 가득 담겨 있는 사진에 S와 린다가 태그되어 있었다. "울루루를 향하여!!!(HEADING TO ULURU!!!)" 사진 설명에는 느낌표가 3000개쯤 붙어 있었다.

급하게 페이스북 계정을 만들었지만, 메시지를 보내려고 하니 친구가 아니라서 불가능했다. 피터가 사진을 올린 건 토요일 밤이었는데 월요일까지도 친구 신청이 수락되지 않았다. 답답한 마음에 도라를 찾아가긴 했지만 애초부터 도라에게 큰 기대를 건 것도 아니었다. 피터와 린다가 S와 함께 멜버른을 떠났다는 것만 확인할 수 있으면 충분했다. 직접 통화를 할 수 있었으면 확실히 더 좋았겠지만.

셰어하우스로 돌아가는 버스 안에서 아케인 할머니에게 답장을 썼다. 알려 주셔서 감사해요, 저는 곧 멜버른을 떠나요. 할머니들께 계속 소식 전할게요. 해먼드 할머니도 메일을 볼 수 있도록 참조인 명단에 이름을 넣어 두었다.

항공편 검색 어플을 오랜만에 켜서 울루루로 가는 가장 빠른 비행기를 검색했다. 멜버른에서 에어즈록 공항으로 가는 직항편은 아침 9시 단 한 대밖에 없었고 비행 소요시간은 세 시간 정도였다. 화요일 오전 비행기를 타면 토요일 밤이나 일요일 새벽쯤 차를 타고 멜버른을 떠난 것으로 보이는 피터, 린다, S를 따라잡을 수 있다는 의미였다. 세 사람이 잠시도 쉬지 않고 교대로 운전했다면 이미 울루루에 도착했겠지만, 꼬박 서른 시간 가까이 운전해 도착한 세계적인 명소에서 단 20분 만에 관광을 마칠 리는 없다. 적어도 하루 이틀은 그 부근에서 보내겠지. 그렇다면 따라가 볼 만하지.

버스에서 내리기 직전 비행기표 예매 버튼을 눌렀다. 치즈 공장 급여로 환산하면 서른 시간, 그러니까 거의 나흘 치 일급에 해당하는 돈이 계좌에서 빠져나갔다. 왜인지 가슴이 터질 것 같기도 하고 머리에서 뭔가 흘러넘쳐 나오는 것 같기도 했다. 버스 정류장에서 셰어하우스까지 뛰어서 갔다.

먼지 쌓인 캐리어를 대충 털고 짐을 마구 쑤셔 넣었다. 어째 캐리어가 잘 닫히지 않아서 캐리어 위에 앉아도 보고 발로 눌러도 보고, 그러던 참에 셰어 메이트들이 돌아왔다. 현관으로 달려 나가 셰어 마스터를 붙잡았다. 벨머린 아주머니에게 망신을 당한 이후로 셰어 마스터는 나를 슬슬 피하고 있었다. 눈이 마주치자 또 급히 빠져나가려 하길래 손목을 잡았다. 마스터는 엄청나게 놀란 것 같았다.

"언니, 저 내일 나갈 거예요."

4인실 멤버들은 눈치를 보며 들어가고 셰어 마스터와 나와 룸메이트, 세 사람만 현관에 남았다.

"그래……서?"

"보증금(deposit) 돌려주세요."

디파짓은 한 달 치 방세였다. 보통은 한 달이나 2주 전 미리 방을 뺀다고 말한 다음 방세를 보증금으로 대체하는 식이라는 걸 워킹홀리데이 정보 사이트에서 봐서 알고 있었지만, 내게는 시간이 없었다. 마스터는 이리저리 눈을 굴리다가 양미간을 부자연스럽게 좁히며 말했다.

"아무리 나가랬다고 이렇게 금방, 통보하듯 나간다고 하면 어떡해. 다음 들어오겠다는 사람이 구해져야지. 이러면 방세 못 받는 동안 나도 곤란해지잖아."

"그래서요?"

"다음 사람 구할 때까지는 디파짓 까야 돼. 다음 사람 구하고 남은 돈 입금해 줄게."

"그게 얼마나 걸리는데요?"

마스터의 손목을 붙잡고 있던 손에서 힘이 빠졌다. 마스터는 대답 없이 눈을 피했다.

"애 내쫓는 것도 모자라서 돈도 떼먹으려고요?"

가만히 듣고만 있던 룸메이트가 끼어들었다.

"해외 나가서 제일 무서운 게 동포라더니 언니가 딱 그래요. 얘가 아무 이유 없이 나간다고 하면 애 잘못이지만, 먼저 나가라고 한 거 언니였잖아요. 얘 나가는 꼴은 보고 싶고 디파짓은 주기 싫어요? 무슨 심보가 그래요?"

"너는 좀 가만히 있어 봐."

마스터는 눈을 질끈 감은 채 양손으로 관자놀이를 문지르면서 룸메이트에게 화를 냈다.

"가만히 안 있을 건데요? 저도 나갈 거예요."

"너……."

"당장 애 디파짓 주세요. 언니 현금 많잖아요. 전 2주 있다 나갈 거니까 저도 2주 치 방세 돌려주시고요."

마스터는 룸메이트를 노려보다가 뛰어서 자기 방으로 갔다. 룸메이트와 나도 우리 방으로 들어갔다. 둘이 같이 캐리어를 닫으려고 애쓰는 사이에 마스터가 우리 방으로 뛰어 들어오더니 봉투를 두 개 던졌다.

"돈 줄 테니까 너네 둘 다 당장 나가. 나가 줘. 분위기 흐려져서 더는 안 되겠어."

"싫은데요? 제가 왜요?"

"마스터가 나가라면 나가야지, 왜는 무슨 왜야?"

마스터는 열이 오를 대로 올라 콧김을 쌩쌩 뿜으며 말했다. 룸메이트는 코웃음을 쳤다.

"마스터는 개코가 마스터. 이 집 렌트해 준 집주인은 이 집에서 셰어 운영하는 거 알아요?"

마스터는 대답이 없었다.

"2주간 조용히 있다가 나가 줄 테니까 건드리지 마세요. 얘도, 나도."

마스터는 우리 둘을 노려보다 문을 쾅 닫으며 방을 나갔다.

캐리어가 죽어도 안 닫힌 건 원래 백팩에 챙겨 왔던 물건까지 아무렇게나 쑤셔 넣어서 그런 것이었다. 룸메이트와 함께 백팩에 챙길 짐과 캐리어에 넣을 짐을 구분하고 옷을 차곡차곡 갠 다음 다시 캐리어를 접으니 무슨 일 있었냐는 듯 부드럽게 지퍼가 닫혔다. 캐리어를 다시 세워 두고 차례로 씻고 각자의 침대에 누운 채로 룸메이트와 이야기를 나눴다.

"언니, 아까 그거 무슨 뜻이야?"

"뭐 말이야?"

"집주인이 따로 있다는 거."

"별거 아냐. 렌트라는 게 한국으로 치면 전세를 냈다는 뜻이거든. 전세 낸 사람이 집을 또 남들한테 월세 놔 주는 게 셰어하우스인 거지. 자기 건물에 직접 셰어하우스 차리는 사람들도 있긴 하지만 대부분은 렌트한 건물에다 셰어 차려. 돈

모으려고."

"불법이야?"

"불법인지는 모르겠는데, 일단 집주인들은 싫어하지. 불특정 다수가 드나들면 집이 빨리 망가지니까."

곧 나갈 집이지만, 알고 보니 그동안 꽤 아슬아슬하게 살고 있었구나 싶었다. 셰어 마스터에 대한 생각도 약간 변했다. 혼자서, 그것도 외국에서 자가 마련하느라 고생이 많았겠다 여겼는데, 알고 보니 아직 자기 건물도 아니었다니. 얄미우면서도 씁쓸한 마음이 들었다.

"나도 돈 빨리 모아서 셰어 차릴 거야. 셰어 한 두세 개 운영하면서 이쪽 대학 다니려고. 베이킹이 나을지 간호가 나을지 아직 고민이긴 해. 적성 생각하면 베이킹인데 간호가 아직은 영주권에 유리하다고 해서."

자세를 고쳐 룸메이트의 침대 쪽을 보고 누웠다. 창으로 들어오는 달빛이 룸메이트의 옆모습에 고여 있었다. 룸메이트는 천장을 향해 한 손을 뻗은 채 그 손을 보며 말하는 중이었다. 그래서인지 나에게가 아니라 자기 스스로에게 말을 걸고 있는 것 같았다. 내 시선을 의식했는지 룸메이트도 내 쪽으로 몸을 돌려 누웠다.

"근데 너는 왜 갑자기 나간다고 했어? 마스터 언니 엿 먹이려고? 아까는 내가 편 들어주긴 했지만, 너 그거 양아치 짓이야. 원래는 그러면 안 돼."

"나도 알아."

나는 갑자기 사라진 S와 피터의 페이스북 포스팅과 울루루행 비행기 이야기를 룸메이트에게 들려주었다.

"너도 되게……."

"되게 뭐?"

"미쳤구나."

"아냐."

"아니긴 뭐가 아냐."

"다시 못 만나면 그때야말로 정말 미칠 수도 있어."

룸메이트가 희미하게 웃는 소리가 들렸다.

"방금 그 말은 진짜 미친 것 같다."

"아직은 아냐."

*

셰어 메이트들이 출근을 준비할 무렵 나도 일어났다. 출근하는 룸메이트에게 작별 인사를 하고 나와서 시티행 버스를 탔다. 마지막이 될지도 모르는 멜버른의 풍경이었건만 눈에 하나도 들어오지 않았다. 서든 크로스 역에서 공항행 버스를 탔다. 버스 창턱에 팔꿈치를 괴고 잠깐이라도 눈을 붙여 보려

했지만 잠이 오지 않았다. 공항에 도착하니 7시 반이었다. 티켓을 발권받고 캐리어를 위탁 수하물로 부치고 화장실에 갔다가 엄마에게 전화를 걸어 다른 도시로 이동하려는 참이라고 간단하게 보고한 다음, 국내선 대합실로 들어갔다. 탑승 게이트 앞에 자리를 잡고 앉아 더 셜리 클럽 할머니들에게 메일을 보냈다.

셜리 해먼드, (이 편지를 다른 셜리들에게도 읽어 주셨으면 좋겠어요.) 저는 지금 공항에 있어요. 멜버른을 떠나 울루루로 갈 생각이에요. 이미 알고 계시겠지만, 제가 찾는 사람이 거기에 간 것 같아요. 셜리들 덕분에 용기를 낼 수 있었어요. 고마워요. 얼마나 고마운지 이 짧은 편지엔 다 담을 수도 없어요. 언젠가 꼭 다시 만나요.

조금 더 길게 썼지만 요약하면 그런 내용이었다. 순식간에 답장이 왔다.

리틀 셜리, 방금 그 메일을 멜버른에 사는 셜리 클럽 빅토리아 지부 모든 회원들에게 전달했어요. 참고로 셜리 클럽은 빅토리아 지부에만 있는 게 아니에요. 소수지만 지금 리틀 셜리가 가려는 노던준주에도 셜리 클럽 회원들이 있어요. 지금부터 다른 도시의 셜리들이 리틀 셜리에게 줄 수 있는 도움을 알아보려고 해요. 이 대륙 안에 있는 이상 셜리 곁엔 항상 클럽이 있다는 걸 기억해요.

해먼드 할머니에게 보내는 편지를 쓰는 동안 왠지 눈물이 솟아서 참느라 애를 먹었는데, 답장을 보고서는 결국 울지 않을 수 없었다. 조금 울고 마르테이즈 할머니의 손수건으로 눈물을 닦았다. 곧 탑승 시간이었다.

핸드폰을 끄고 주머니에 넣은 다음 일어서다가 공항 전동 카트를 모는 사람과 눈이 마주쳤다. 카트를 모는 사람은 하얗게 센 옆머리를 바짝 깎고 아직 갈색인 윗머리를 길러 투블럭 스타일로 만든 할머니였는데, 엄지손가락을 들어 보여 주며 아주 천천히 지나갔다. 그 사람의 이름이 셜리인 건 의심의 여지가 없었다.

클럽이 늘 곁에 있다는 해먼드 할머니의 말은 농담이나 빈말이 아니었던 것이다.

Track 08

Ⅱ

우리가 같이 봤던 영화(나 사실 그 영화를 처음 본 게 아니거든요.)를 만든 감독의 다른 영화에서 이런 대사가 나와요.

"내 이름은 도니 스미스, 내겐 줄 사랑이 아주 많아요.(My name is Donnie Smith, and I have lots of love to give.)"

청소년을 위한 영화는 아니었지만 이제 와서 누군가 내게 공소시효를 따지진 않겠죠. 만약 그런 일이 있어도 아빠 탓을 하면 돼요. 나한테 청소년관람불가 영화를 제일 많이 보여 준 사람은 아직까지는 아빠니까.

그 대사를 생각하다 보면 또 다른 영화가 떠올라요. 평생 사랑을 주기만 하던 주인공이 모든 사랑을 잃고 실의에 빠진 상태에서 텔레비전을 보다가, 아이돌 그룹을 보고 한눈에 반하는 거죠. 주인공은 그때까지의 자기 인생을 원고지에 차곡차곡 적은 팬레터를 보내요. 왜냐하면 '당신을 사랑하게 된 나는 이런 사람입니다'라는 것을 상대에게 알려 줄 필요가 있다고 생각해서. 아마도 네 그렇군요, 당신은 그런 사람이네요, 하는 단순한 긍정의 말을 듣고 싶었던 것 같아요. 주인공은 마흔 살이 넘은 데다 보통의 마흔 살보다도(보통은 어떤가 하면 그것도 잘 모르겠지만) 다이내믹하게 살아온 사람이라 팬레터가 거의 자서전 수준의 두께가 되어 버려요. 주인공은 그걸 우체통에 쑤셔 넣으려고 하지만 잘 안 되죠.

그 장면을 가끔 떠올려요. 엄청나게 답답했거든요. 주인공이 원고 뭉치를 욱여넣으려 한 게 우체통 투입구가 아니라 내 목구멍인 것처럼, 내 목과 가슴 사이에 그런 묵직한 게 걸려 있는 것처럼 답답했어요. 그 영화도 아빠랑 같이 봤는데, 그 장면에서 아빠는 웃었던 걸로 기억해요. 그래서 내가 이상하게 느껴졌어요. 왜 그렇게까지 답답했을까. 그게 남 얘기 같지 않아서는 아니었을까. 나야말로 나를, 나의 모든 사연과 내력을 받아 달라고 막무가내로 밀어붙이는 사람이어서 그런 건 아닐까.

그렇지만 나를 낱낱이 드러낼수록 사랑받을 수 있는 가능성은 낮아진다는 걸 아니까, 정말 사랑받고 싶다면 그렇게 해선 안 된다는, 배운 적도 없는 사실을 왠지 그때도 알고 있었으니까. 답답했던 건 아마 그래서였을 거예요.

다 알지만 여전히 생각해요. 머리부터 발끝까지, 내 이런 쓸데없는 생각들까지 하나하나 빠짐없이 사랑받고 싶다고.

이런 나라도 사랑해 줄 수 있어요?

▶

에어즈록 공항은 기가 막히게 작았다. 버스터미널이라고 할 법했다. 작아서 그런지 오래 걸을 필요도 없고 수화물 찾기도 금방 끝나서 좋았지만, 그다음부터가 막막했다. 핸드폰을 켜고 통신사가 나를 발견해 주기를 잠깐 기다렸다. 엄마와 룸메이트에게서 잘 도착했느냐는, 도착하면 연락 달라는 메시지가 와 있었고 더 셜리 클럽 할머니들에게도 여행의 행운을 빈다는 메일이 여러 통 와 있었다. 혹시나 했지만 S에게서는 역시나 아무 소식도 없었다.

숙소를 어디로 잡아야 S 일행을 수월히 찾을 수 있을까 고민하며 검색을 하던 차에 전화가 걸려왔다. 해먼드 할머니였다.

"지금 어떤 옷을 입고 있죠?"

"흰색 티셔츠랑 청반바지(blue jeanshorts)를 입고 있어요."

이상한 질문이라고 생각하면서도 성실하게 대답했다.

"지금 어디예요? 구체적으로 말해 줘요."

"버스 타는 곳으로 나가고 있어요."

비행기에서 함께 내린 사람들이 작은 로비를 와글와글 메우고 있어서 통화를 하려면 밖으로 나가는 편이 나았다. 해먼드 할머니가 다급하게 말했다.

"거기 그대로 서서 잠깐 기다려 줘요."

전화는 그렇게 끊어졌다. 해먼드 할머니는 멜버른에서 만난 셜리들 중에서도 예의를 가장 깍듯하게 지키는 사람이었기에 역시 좀 이상한 통화였다. 바로 그때 누군가 내 어깨를 턱 소리 나게 짚었다.

"셜리?"

돌아보니 선글라스를 낀 할머니 둘이 서 있었다. 한 사람은 성의 없이 "the shirley club"이라 휘갈긴 옥스포드 노트를 들고 껌으로 풍선을 불고 있었고, 한 사람은 내 어깨를 짚은 채 통화 중이었다.

"아, 찾았어요. 그럼 이만."

어깨를 짚은 할머니는 전화를 끊더니 투덜거렸다.

"다들 흰 티셔츠에 청바지 입고 있는데 그렇게 말하면 어떻게 찾아? 캐리어 색깔이라든가 그런 걸 알려 줘야지, 젠장."

풍선껌을 불던 할머니가 내게 손을 내밀었다.

"에밀리 넬슨."

나는 얼결에 그 손을 맞잡았다.

"저는 셜리."

"이쪽도 셜리. 셜리 넬슨."

에밀리 할머니가 옆의 할머니를 가리켰다. 셜리 넬슨 할머니가 고개를 까딱했다.

"울루루에 온 걸 환영해요."

넬슨 할머니들의 차를 타고 20분쯤 가니 에어즈록 리조트 타운이 나왔다. 공항에서 잠깐 검색해 본 바로는 호스텔, 모텔, 호텔 여러 곳이 모여 있는 관광 숙박업소 단지여서 거기가 목적지인 줄 알았는데 5분쯤 더 가서야 차가 섰다. '시스터스 로지(Sister's Lodge)'라는, 나무 판자에 페인트로 쓴 간판이 달려 있는 이층집이었다. 그냥 집이라기엔 조금 크고 숙박업소라기엔 조금 작은 것 같았지만 실례가 될 것 같아 말은 못 했다. 들어가서 보니 바깥에서 보던 것보다 넓고 분위기도 아늑했다.

"작지, 안 그래?(isn't it?)"

셜리 할머니가 선글라스를 벗으며 말했다.

"아주 훌륭한 집이네요."

어쩐지 생각을 들킨 것 같기도 하고 부정의문문에 노라고 대답해야 좋을지 예스라고 대답해야 좋을지 헷갈려서 황급히 대꾸했다.

"아가씨 말곤 숙박객도 없으니 편히 지내요."

에밀리 할머니도 선글라스를 벗었다. 두 할머니는 쌍둥이였다. 이상하게도 친근감이 드는 생김새였다. 똑같이 생긴 두 사람을 동시에 봐서가 아니라, 생각만으로는 실례가 되지 않는다면 말이지만, 미묘하게 동양적인 분위기를 풍기는 외모여서였다.

"뭐, 원주민 혼혈 처음 봐?"

셜리 할머니가 퉁명스럽게 말했다. 역시 실례가 될 만큼 뚫어져라 봤다는 걸 뒤늦게 깨달아 얼굴이 빨개졌는데, 아닌 게 아니라 처음 보는 참이어서 더욱 할 말이 없었다.

"애 놀리지 마. 방으로 안내해 줄게요. 이리로."

에밀리 할머니가 안내해 준 곳은 2층 복도 끝방이었다. 방 안에는 이층 침대와 이동식 행거와 작은 테이블이 있었고, 침구는 연두색, 카페트는 녹색, 커튼은 카키색이어서 통일감과 안정감이 있었다.

"욕실은 공용이에요. 화장실은 2층과 1층에 각각 하나씩 있고. 방이 작아서 미안해요. 그렇지만 이 방에서 울루루는 잘 보이니까."

에밀리 할머니 말처럼, 커다란 창 너머 내 주먹만 한 크기로 축소된 바위가 보였다. 그 광경을 보고 있자니 가슴이 울렁거렸다. 나는 내가 오로지 S를 찾으러 여기까지 왔다고 생각했는데, 사실 이건 여행이기도 하다는 실감이 문득 들어서였다. 여기서 S를 만나지 못한다고 해도 이 여정이 무의미한 것으로 끝나지는 않겠다는 생각. 그건 사실 꽤 긍정적인 발견이었지만 고개를 저어 머리에서 털어 냈다. S를 만나지 못한다는 가정은 얼마나 좋은 의미가 있든 내게 전혀 소용없었다.

늦은 점심을 먹고 할머니들에게 자전거를 빌렸다. 에밀리 할머니가 선블록을 바르고 나가라고 했는데 마음이 급해서 그대로 나왔다. 해가 지기 전에 에어즈록 리조트 타운에 있는 숙소들을 순회하며 혹시 이러이러한 삼인조가 체크인하지 않았냐고 물어보려면 서둘러야 했다.

처음 들어간 곳에서는 뭐라고 해야 할지 모르겠어서 조금 헤맸지만 그다음부터는 요령이 조금씩 붙어서 방문하고 문의하는 데에 드는 시간이 점점 짧아졌다. 반응은 다양했다. 일단 숙박객들을 다 기억하지 못하고, 기억하더라도 모르는 사람에게 알려 줄 수는 없다며 단호하게 대응하는 곳이 있는가 하면, 그런 사람들은 본 적이 없지만 발견하면 꼭 알려 주겠다고 하는 곳도, 알아봐 줄 테니 자기네 숙소로 옮기지 않겠냐고 호객 행위를 하는 곳도 있었다. 숙소 리셉션 순회를 마친 다음에는 캠핑 투어 상품을 파는 여행사들을 돌아다녔다.

당일 출발하는 투어 상품 같은 것에 도전했을 수도 있으니까.

결론부터 말하자면 피터와 린다와 S를 봤다는 사람은 없었다. 이상했다. 일요일 새벽에 출발했으면, 그리고 세 사람이 교대로 쉬지 않고 운전을 했다면, 늦어도 월요일 밤에는 도착했을 텐데. 그랬어야 말이 되는데.

해 저물 무렵이 되어 시스터스 로지로 돌아왔다. 반나절 내내 자전거를 타서 엉덩이와 허벅지가 쑤시고 쓰라렸다. 급격히 떨어진 기온 때문에 팔다리에는 이슬이 맺힐 것 같았다. 안 그래도 에밀리 할머니 말을 제대로 안 듣고 선블록을 생략한 바람에 온몸이 햇빛과 열풍에 익어 있었던 터라, 기온이 급격히 떨어지니 살을 '에는' 추위가 어떤 느낌인지 알 것 같았다. 벌게진 얼굴로 위아랫니를 딱딱 부딪치며 돌아온 나를 보고 셜리 할머니가 혀를 찼다.

"그럴 가치가 있는 일이었어?"

나는 고개를 끄덕였고, 할머니는 더 놀리지 않고 알로에 연고와 담요를 꺼내 줬다.

11

그렇게 복잡할 것도 없어요, 내가 엄마보다 아빠를 좋아하는 이유는. 아빠는 내가 울면 어쩔 줄 몰라 하는 사람이고 엄마는 내가 울어도 눈 하나 깜짝하지 않는 사람인 거. 그거 하나밖에 없더라고요. 길게 생각해 봤지만 결론은 단순했어요.

지금이야 아빠를 좋아한다기보다 아빠하고 쌓은 기억들을 좋아하는 편이지만, 아주 어릴 땐 아빠를 너무 좋아해서 엄마를 라이벌로 생각하기도 했어요.

그러니까 엄마는, 내가 울어도 절대 봐주지 않는, 나랑 같은 사람을 좋아하던, 나의 라이벌. 부모님이나 보호자가 아니라 친구 같은 느낌에 가깝죠. 이렇게 말하면 너무 버르장머리 없어 보이려나? 그런데 이건 내 탓이 아니고 다 엄마 책임이에요. 내가 엄마를 만만히 본 게 먼저가 아니고 엄마가 나랑 똑같이 어린애처럼 군 게 먼저니까요.

그래서 엄청나게 싸웠어요. 열네 살 때였나? 싸우고 한 달 정도 말도 안 하고 지낸 적도 있어요. 외할머니도 그러시더라고요. 엄마랑 나랑 똑같아서 그런다고. 둘 다 누굴 닮았는지 고집이 징글징글하다고. 나중에 엄마도 자기 고집은 외할머니한테서 물려받은 거라고 주장하긴 했는데, 어리다면 어린 나이에 자기가 좋아하는 가수랑 결혼해서 아이를 낳은 사람이 그 사람 엄마보다 고집이 센 거 아닌가? 그쯤은 생각할 수 있는 나이에 들은 얘기여서, 별로 설득력이 없었죠.

그게 또 답답하기도 했어요. 엄마는 나랑 똑같은 나이에

놀 거 다 놀아 놓고 나한테는 그러면 안 된다는 거예요. 호주 오려고 할 때도 얼마나 훼방이 심했는지 몰라요. 생각 잘하라 느니, 너 없는 사이에 확 죽어 버려서 평생 후회하게 만들 거 라느니. 아니 그게 딸한테 할 소린가?

그러는 엄마는, 지금 내 나이 때 엄마는 사랑에 미쳐서 나 보다 훨씬 더 말 안 들었잖아. 나 가졌을 때 지금 나하고 나 이 차이도 별로 안 났다며. 내가 엄마처럼 얼렁뚱땅 결혼을 하겠다는 것도 아니고 애를 밴 것도 아니잖아. 내가 하고 싶 은 걸 못 하게 하는 게 엄마 인생 목표야?

뭐…… 그런 말 한두 마디로 엄마 고집이 다 정리됐다는 건 아니에요. 적어도 못 가게 막지는 않게 되었다는 거죠. 지 나가는 소리처럼 내가 매정하다는 둥 자기가 박복하다는 둥 드라마 대사를 늘어놓기도 했지만, 결국은 인천공항에 배웅 까지 나왔으니까 된 거겠죠.

그러고 보면 엄마는 얼마나 기막힐까요? 내가 별 고민도 없이 울루루행 비행기를 탄 이유를 알게 된다면. 아니지, 엄 마만은 이해해야 해요. 세상 어느 누구도 내가 이러는 이유를 이해하지 못한다고 해도 엄마만은 그래야 돼요. 나한테 엄마 는 그런 사람이에요. 세상에서 제일 좋아하는 사람은 아니지 만, 유일한 방식으로 믿을 수 있는 사람.

나와 아주 닮은 색의 목소리를 가진 사람.

눈뜨자마자 전날처럼 자전거를 타고 리조트 타운 전체를 순찰했다. 소득이 없는 것도 전날과 마찬가지였다. 전날 이미 사람을 찾는다는 사정을 다 말해 둔 터라 시간이 단축될 줄 알았는데 웬걸, 전날보다 더 오래 걸렸다. 허벅지와 엉덩이에 근육통이 생겨서 자전거를 힘껏 몰 수 없었기 때문이다. 돌아가는 길은 특히 힘들었다. 리조트 타운의 다른 숙소에는 하나씩 다 있는 수영장이 시스터스 로지에는 없다는 사실에 조금 심술이 났다.

아침을 거르고 나가 점심시간 지나서야 힘없이 돌아오자 할머니들은 직접 만든 셔벗을 내왔다. 입맛이 없다고 하고 싶었지만 한낮이 되면서 볕이 강렬해져 땀이 철철 났기 때문에 사양할 수 없었다. 에밀리 할머니가 커다란 배스 타월을 적셔서 허벅지를 덮어 주었다. 그깟 수영장 없다고 속으로 불평한 게 죄송해졌다.

시스터스 로지의 할머니들은 멜버른의 셜리들보다 훨씬 말수가 적었다. 셔벗을 다 먹어 갈 즈음에야 에밀리 할머니가 입을 열었다.

"둘이 구분이 잘 안 되죠?"

"말씀을 하시면 구분할 수 있어요."

그러니까 정확히는, 말을 한 다음에야 그 말을 한 사람이 에밀리 할머니인지 셜리 할머니인지를 알 수 있다는 의미였다.

"뭐, 사나운 쪽이 셜리라는 거지?"

셜리 할머니가 다음 말은 안 들어도 뻔하다는 투로 내뱉었다.

"아뇨, 셜리 할머니는 선인장꽃처럼 진한 분홍색이고 에밀리 할머니는 거기다 노란색을 조금 섞은 듯한 다홍색이에요. 목소리가요."

할머니들은 잠깐 서로 마주 보다가 너털웃음을 터뜨렸다.

"묘한 소리를 하네."

"그렇지만 정말이에요."

"잠깐 눈 감아 볼래요?"

나는 순순히 눈을 감았다. 할머니들이 자리에서 일어나는 소리가 들렸다. 내 뒤에서 두 사람이 서성이는 소리도.

"나는 누구지?"

"셜리."

"그럼 나는 누구지?"

"셜리."

셜리 할머니가 에밀리 할머니의 어조를 흉내내려 애쓴 듯했지만 목소리의 색깔은 바뀌지 않았다. 더구나 눈을 감고 목소리를 들으면 색깔이 더 잘 연상되어서, 속으려야 속을 수가 없었다. 할머니들은 잠시 뜸을 들였다.

"이번에는?"

"에밀리. 눈 떠도 되나요?"

할머니들은 다시 자리로 와서 앉았다.

"초능력인가요?"

에밀리 할머니가 진지한 얼굴로 물었다. 셜리 할머니는 고개를 저었다.

"초능력은 무슨, 모든 마술엔 트릭이 있다고."

"초능력도 아니고 마술도 아니에요. 그냥 그렇게 돼요."

나는 S의 목소리를 떠올렸다. 부드럽고 아찔한 보라색. 나말고는 아무도 볼 수 없는 색. 그러니까 S 자신도 모르게 나만의 것이 된 보라색. 그 생각을 하다 보니 목이 말랐다.

핸드폰이 짧게 울린 것은 그때였다. 피터가 나의 친구 신청을 드디어 수락한 것이었다. 나도 모르게 악 소리를 질렀다.

"방금 그 목소리는 무슨 색이냐?"

셜리 할머니가 놀리듯 물었지만 그런 걸 신경 쓸 때가 아니었다. 나는 피터가 접속 중임을 알리는 연두색 램프 아이콘을 보고 급히 메시지를 보냈다.

피터, 어디예요?

"Oh hi"라는 메시지가 뜨고 한참 동안 말풍선 애니메이션이 나왔다. 피터가 메시지를 입력 중이라는 의미였다.

난 지금 에어즈록 리조트 타운 근처 시스터스 로지라는 숙소에 있어요.

급한 마음에 내 위치를 먼저 알렸지만 메시지가 바로 가지 않았다. 와이파이 신호가 약한 모양이었다. 어쩌면 피터 일행도 마찬가지일지 모른다는 생각이 들었다. 조금 후에 피터가 메시지를 확인했다는 알림이 떴다.

거긴 얼마죠.
우리가 그쪽으로 갈게요.

그러고 보니 숙박비가 얼마인지 묻지도 않고 묵고 있었다는 걸 그제야 알아차렸다.

"셜리 할머니, 친구가 이쪽으로 오고 싶다고 하는데요. 숙박비가 얼마냐고 해요."

"2인실 100달러."

지금이 성수기인 것, 리조트 타운으로부터 조금 떨어진 곳에 있는 것 등을 따져 봤을 때 저렴한 건지 비싼 건지 헷갈리는 가격이었다. 그대로 피터에게 전했더니 대문자로 "바로 감 (BE THERE IMMEDIATELY)"이라는 답장이 왔다. 그 말 그대로, 떨려 할 틈도 없이 바깥에서 차 소리가 들렸다. 나는 자리에서 벌떡 일어났다. 이윽고 자동차 배기음이 멎었고 대신 내 심장 소리밖에 들리지 않게 되었다. 목이 마르고 오금이 따끔따끔 저렸다. 현관문이 열렸다. 피터가 자기 덩치만 한 배낭을 메고 들어왔다.

"땡스 갓, 이 동네 숙소들 값이 다 미쳤어."

투덜거리며 들어오는 피터가, 정말 내가 알던 바로 그 피터여서 눈물이 핑 돌 것 같은 느낌마저 들었다.

"여기는 왜 그렇게 싼 건데? 유령 나오는 거 아냐?"

이어서 들어온 린다 역시 거북이 등딱지 같은 짐을 지고 있었다.

"어서 와요."

나는 목멘 소리를 내지 않으려고 헛기침을 하면서 인사를 건넸다.

"셜리, 100년 만인 것 같네요. 너무 반가워요."

린다의 인사에서 지난 로드 트립이 얼마나 지긋지긋했는지가 고스란히 느껴졌다. 내가 뭐라 대꾸하기도 전에 린다는 그대로 문을 닫았다.

"어…… S는?"

나는 너무 무례하게 들리지 않기를 바라면서, 그러나 희망을 놓지 않은 채로 물었다.

"S라니?"

피터와 린다가 동시에 되물었다. 두 사람이 내 마음의 귀퉁이를 양손으로 잡고 확 잡아당기는 것처럼 느껴졌다.

"S는 같이 출발도 안 했어요. 사정이 있어서 독일에 가야 한다고 했거든요."

피터가 말했다. 너덜거리는 마음에 자갈이 와르르 쏟아지는 듯한 느낌이 들었다.

"그렇지만 출발할 때 찍은 사진에 S를 태그했잖아요."

"S의 차를 빌렸으니까요."

드라마 주인공처럼 굴고 싶은 생각은 없었지만 다리에 힘이 풀려 그대로 서 있을 수가 없었다. 내가 주저앉자 린다가 도와주려고 오다가 자기 짐 무게에 휘둘려 뒤로 나동그라졌다. 셜리 할머니가 큭큭 웃는 소리가 들렸다.

"우선 체크인하고 씻지 그래요. 운전해서 왔다면 꽤 피곤할 텐데."

에밀리 할머니를 따라 피터와 린다가 2층으로 올라간 다음, 셜리 할머니 앞에서 찔끔찔끔 울었다. 셜리 할머니는 아까 웃은 게 미안했는지 크흠 하고 목을 가다듬고 말했다.

"모처럼 손님이 많이 왔으니 저녁은 거하게 차려 볼까 하는데."

나는 마땅히 할 말이 없어 양손으로 눈을 비비고만 있었다.

"장 보는 것 좀 도와주지 않겠어? 어차피 숙박비도 안 받는데 이 정도는 해 줘야지. 아까 그 커플한테는 비밀로 해 줘. 우리도 먹고는 살아야 하잖아."

나는 눈을 가린 채로 고개를 끄덕였다. 할머니는 그래, 그래야지, 혼잣말을 하고는 바람을 일으키며 거실을 떠났다.

Track 09

▶

"오는 길에 심하게 싸우고 헤어지기로 했었죠."

왜 그렇게 오래 걸렸느냐는 물음에 린다는 그렇게 대답했다. 피터는 당황한 기색이었다. 싸우고 헤어졌던 걸 비밀로 하고 싶은 모양이었다.

"알고 보니 피터한테 국제면허증이 없었거든요. 어차피 주경계 넘어서 아무도 없는 길이니까 운전을 해도 된다, 안 된다로 싸우다가 결국 밤에는 자고 낮에는 내가 운전을 하기로 했어요. 그런데 밤에 추우니까 히터를 켜 달라는 거예요."

피터는 억울한 표정을 지었지만 린다는 이야기를 멈추지

않았다.

"그런 짓을 했다가는 배터리가 나가서 오도 가도 못하고 죽을 수도 있다고 했는데도. 도로 곳곳에 왜 긴급 구조 요청 전화 부스가 있는지 알겠더라고요. 밤마다 똑같은 문제로 싸웠더니 낮에도 계속 싸우게 됐고요. 길가에 차를 세워 둔 채로 계속 싸우다가, 어쨌든 공항이 있는 도시까지는 같이 가야 제대로 헤어질 수 있다고 합의를 봤어요. 그냥 길 위에서 헤어지면 둘 중 한 사람은 야생동물 먹이가 될 게 뻔하니까."

"들소한테 받혀 죽든가 말이지."

셜리 할머니가 거들었다. 아무도 웃지 않아서 할머니가 민망해할까 봐 눈치를 봤는데, 할머니도 농담으로 한 말은 아닌 듯했다.

"그건 그렇고 놀랐어요. 이런 곳에서 셜리랑 다시 만날 줄이야."

피터가 말을 돌렸다.

"저도 놀랐어요. 여기까지 왔는데 S를 못 만날 줄이야."

이제 내 차례인가. 있지도 않은 S를 따라 여기까지 왔다는 게 밝혀진 이상, 내가 S를 좋아한다는 걸 숨길 순 없겠지.

"급한 사정이 있었던 것 같아요. 원래 이 여행 제안도 S가 했고 S는 셜리도 같이 갔으면 좋겠다고 했는데, 피터가 이렇게 된 거 그냥 단둘이 가자고 해서."

린다가 말했다.

"도라도 알고 있나요, S가 독일로 갔다는 거?"

"여기 도착해서 얘기했죠. 우리 둘 다 최저가 플랜을 쓰고 있어서 와이파이가 없으면 핸드폰이 거의 쓸모가 없거든요."

"제가 여기에 있다는 건?"

"그것도."

적어도 도라가 나를 골탕 먹이려고 일부러 S의 행방을 모른 척한 건 아니라는 사실을 알게 되어 기분이 좀 나아졌다가, S를 만나려고 내가 여기까지 왔다는 사실을 알고는 꼴좋다고 생각했을 게 뻔해 다시 기분이 나빠졌다. 플러스마이너스 제로였다.

식사가 끝나고 에밀리 할머니가 디저트를 내왔다. 내가 만든 화채였다. 수박 색깔이 빨갛지 않고 노랗다는 점만 빼면, 그럭저럭 괜찮은 화채라고 할 수 있었다.

"이건 애버리지니 디저트인가요?"

"한국 요리예요."

피터가 물었고 할머니들과 나는 서로 눈빛을 교환했다.

"그거 하지 마."

동시에 합장을 하려 하는 피터와 린다에게 셜리 할머니가 말했다. 아무려나 내 눈에 두 사람은 환상의 커플 같았다.

*

피터와 린다는 시스터스 로지에 닷새 동안 머물렀다. 도착한 다음 날 셜리 할머니와 에밀리 할머니의 안내로 킹스 캐니언 투어를 다녀온 다음 하루 쉬고, 울루루 바위 투어를 다녀와서 또 하루 쉬고, 그다음 날 출발했다. 할머니들은 이 일대에 대해서 속속들이 알고 있었다. 킹스 캐니언에 얽힌 전설과 역사들도, 이 주변에서 볼 수 있는 야생동물의 애버리지니 이름들도, 심지어는 어디쯤에서 차를 세워야 가장 자연스럽게 울루루 바위를 손바닥 위에 올린 것처럼 보이는 사진을 찍을 수 있는지까지 알았다. 그런데도 투어 비용은 보통 여행사의 절반밖에 받지 않았다. 피터와 린다는 나와 할머니들이 먼 친척쯤 되는 걸로 생각하는 모양이었다.(아니, 어딜 봐서?) 셜리 클럽의 존재가 비밀은 아니었지만 피터와 린다에게 알려 주고 싶은 생각은 영 들지 않아서 그냥 마음대로 생각하게 뒀다.

원래 예산대로라면 피터와 린다는 도미토리 20인실에서 사흘간 묵으면서 킹스 캐니언이나 울루루 중 한 군데만 다녀올 수 있었다. 2인실에서 예정보다 오래 쉬고 투어도 두 군데 다 갔다 올 수 있었던 건 다 셜리 덕분이라고 고마워했다. 두 사람이 돈을 내 준 덕분에 나도 공짜로 투어에 낄 수 있었다는 얘기는 굳이 꺼내지 않기로 했다.

"정말 우리랑 같이 가지 않을래요?"

마지막 날 출발 직전 린다는 거의 울먹이면서 물었지만 나는 고개를 저었다. 울루루까지 오는 길에 싸워서 헤어졌다는 커플 틈에 끼어 호주 북부까지 가는 건 상상만 해도 아찔했다. 무슨 일이 일어나면 국제면허증은 둘째 치고 운전을 아예 못 하는 나를 버리고 갈 수도 있을 터였다. 피터와 린다를 따라가 S를 만날 가능성이 커진다면 그런 고생과 위험도 감수할 만했겠지만, S가 독일에 있다는 걸 안 이상은 그럴 필요도 없었다. S가 호주로 돌아와 먼저 연락해 오기를 기다리는 게 훨씬 나았다.

S의 비둘기색 왜건이 멀어져 가는 광경이 아주 오랫동안 보였다. 시야를 방해하는 물체가 하나도 없는 대평원 위에 뻗은 길을 달려가고 있어서였다. 새삼 지구는 정말 거대하다는 생각을 했다. 나한테는 막막할 만큼 넓은 이 공간도 지구에게는 일부의 일부에 불과할 테니까.

S는 호주로 돌아올까? 애초에 너무 먼 길이 아니었을까? 혹시나 해서 검색해 본 멜버른발 뮌헨행 항공편은 비행 시간만 20시간이 넘었다. 그마저도 한 번 이상은 경유를 해야 했다. 그렇게나 먼 거리를 이미 한 번 오갔는데 다시 호주로 오고 싶은 마음이 들까? 든다면 그건 무엇 때문일까, 그게 나 때문일 수 있을까? S도 나를 생각하고 있을까? 워킹홀리데이

에서 만나 조금 친하게 지내던 여자애가 (착각 때문이었지만) 자기를 따라 울루루까지 왔다는 걸 알면, 징그럽게 생각할까?

이런 생각을 하자면 끝도 없었다. 일단은 기다릴 수 있는 데까지 기다려 보기로 했다. 만약의 경우를 생각해서 호주에 1년 더 머무를 수 있도록 공장에서 일하던 때의 급여 명세서를 모아 세컨드 비자 신청을 넣었다. 비자 신청 답장을 받을 때까지는 한군데에 머물러 있는 게 좋을 것 같아서 시스터스 로지에 조금 더 신세를 지겠다고 말씀드렸다.

"마냥 공짜라고 생각하면 곤란하지. 클럽의 의리를 생각해서 며칠 데리고 있겠다고 했지만, 일을 제대로 돕지 않으면 돈을 받을 수밖에 없어. 성수기라 손님이 언제 더 올지 모르는데 밥값은 해야지?"

셜리 할머니의 말이었다.

"봐서 알겠지만, 리조트 타운 부지에 있는 숙소가 아니어서 그렇게 인기가 있지는 않아요. 우리끼리만 있자면 적적해서 그러니 편히 머물다 가요. 일까지 도와주니 얼마나 고마운지."

똑같은 얘기를 에밀리 할머니는 그렇게 했다.

으름장을 놓은 것치고(한 분은 다정하게 말씀해 주셨지만) 일이 그렇게 많지는 않았다. 같은 노던준주 소속인 다윈시에서 온 더 셜리 클럽 할머니 다섯 분이 3박 4일 일정으로 다녀간 뒤로는 손님도 없었다. 그래도 오전 10시에는 청소를 하고 오후 4시에는 리조트 타운 슈퍼마켓에 갔다. 슈퍼마켓에 가면 다른 숙소나 여행사에서 일하는 직원 몇몇이 나를 알아보고 미소로 인사를 건네기도 했다. 그 사람들은 찾았어? 이런 질문을 건넬 때도 있었다. 피터와 린다는 만났지만 정작 중요한 S는 만나지 못했기 때문에 뭐라고 대답해야 좋을지 난감했다.

사나흘에 한 번꼴로 수영장에 갔다. 에밀리 할머니의 친구 손자가 일하는 곳이어서 괜찮다고 했다. 할머니들이 오늘 저녁에는 무엇무엇을 사 오너라 하면, 네 하고 일찌감치 나가서 수영을 하다가 슈퍼마켓에 들러 장을 보고 돌아오면 됐다. 친가와 외가가 모두 수도권에 있어서 딱히 시골 할머니 댁의 추억 같은 게 없는 내게도, 기억에 있지도 않은 뭔가를 연상시키는, 한적하고 여유로운 일상이었다. 한 손에는 슈퍼마켓 로비에서 파는 슬러시를 들고 한 손에는 저녁거리 장 본 것을 달랑달랑 들고 걷다 보면 아, 이렇게 평생을 지내도 괜찮겠다 하는 생각과 어, 평생 이렇게 지내야 하면 어떡하지 하는 생각이 동시에 들었다.

3주 가까이 지나는 동안 핸드폰이 울리는 일은 거의 없었다. 린다에게서 결국 피터와 헤어지기로 했다는 연락이 한 번 왔고, 며칠 뒤에 다시 사귀기로 했으니 자기가 했던 피터 욕은 비밀로 해 달라는 연락이 왔다. 첫 번째 연락이 왔을 때에는 린다가 보내오는 메시지에 맞장구를 열심히 쳐 주었지만 두 번째 연락은 그냥 무시했다.

전 룸메이트는 다시 일자리를 구했다는 소식을 전해 온 후 잠잠했다. 그러고 보니 엄마한테서도 별 연락이 오지 않은 지 꽤 된 참이었다. 오늘은 엄마한테 메시지를 보내야겠다고 물장구를 철벅철벅 치면서 생각했다. 그럭저럭 울루루에 온 지 3주가 되어 가고 있었다.

저녁 설거지를 마치고 침대에 엎드린 채로 엄마에게 메시지를 보냈다. 엄마는 전화를 걸어왔다. 또, 또. 통화하고 싶으면 나한테 전화 걸어 달라고 하라고 저번에 말했는데. 내 핸드폰 요금에는 국제전화를 얼마간 쓸 수 있는 크레디트가 포함되어 있어 괜찮지만, 엄마가 내게 전화를 걸면 요금이 어떻게 나올지 모른다고 분명히 말했잖아.

"여보세요, 설희니?"

뜻밖에도 전화를 건 사람은 엄마가 아니었다. 남자였다. 다른 남자도 아니고 아빠였다.

"여보세요? 안 들리나?"

나는 전화를 끊었다가 아빠 번호로 다시 걸었다.

"지금 엄마랑 같이 있어?"

내 입으로 말하는 사실을 나 스스로 의심하면서 물을 수밖에 없었다. 어떻게 엄마 전화를 아빠가 받아?

"응."

아빠의 대답은 심플해서 맥이 빠질 지경이었다. 아니, 대체 일이 어떻게 되어 가고 있는 건데?

"혹시 둘이……."

"엄마가 지금 자느라 전화를 못 받아."

시차가 30분밖에 안 되는데 벌써 잔다고?

"둘이 뭐 있어?"

이상한 질문이라는 걸 알면서도 물어볼 수밖에 없었다. 아빠의 대답은 또 예상 밖으로 튀어 나갔다.

"엄마가 며칠 전에 큰 수술을 받았어."

나는 침대에서 벌떡 일어났다.

"너 걱정할까 봐 퇴원할 때까지 비밀로 해 달라고 했는데, 엄마 아픈 거 보니까 아빠도 마음이 안 좋아서. 설희 너도 알고 있어야 할 것 같아."

머리가 멍해져서 무슨 말을 해야 좋을지 떠오르지 않았다. 엄마가 아팠다는 걸 까맣게 몰랐던 건 부끄러웠고, 그 소식을 다른 사람도 아닌 아빠한테 듣게 되어 더 혼란스럽고 충격적이었다. 왜냐하면 나에게 엄마와 아빠란 나란히 서 있어도 지구에서 서로 제일 가까이 있는 게 아니라 지구 한 바퀴만큼 거리를 두고 있는 것처럼 남남인 사람들이었기 때문에.

"엄마는 괜찮아?"

"괜찮대."

"어디가 아프대?"

"암이래. 자궁내막암."

"암인데 어떻게 괜찮아?"

"자궁내막암은 빨리 발견하기만 하면 다 낫는대. 착한 암이야."

"무슨 소리야? 암이 어떻게 착할 수 있어?"

나는 울면서 전화를 끊었다. 두어 번, 전화벨이 다시 울렸지만 받지 않았다. 침대에 누워 울고 있는데 누군가 방문을 두드렸다. 허겁지겁 눈물을 닦고 문을 열었다. 할머니가 누구게? 하는 눈빛으로 나를 보고 있었다.

"셜리?"

"어떻게 알았지?"

"옷 입은 걸 보고 알았죠. 하루 이틀 같이 지낸 것도 아니잖아요."

셜리 할머니는 크흠 하고 헛기침을 했다.

"에밀리가 고구마를 구웠는데 심심하면 내려와서 좀 거들어."

우는 소리를 듣고 위로해 주려고 오신 게 아니었단 말인가.

"방금 밥 먹었잖아요."

"그래서?(So what?)"

별수 없이 빨개진 눈과 코를 가리느라 고개를 푹 숙인 채로 1층에 내려갔다. 잠깐 울었을 뿐인데 그새 배가 꺼졌는지 고구마 냄새가 달았다. 앉으려는 참에 에밀리 할머니가 김이 모락모락 나는 고구마를 끄트머리만 까서 내밀길래 한입 확 베어 먹었다. 엄청나게 뜨거웠다.

"찾고 있다던 그 사람 때문에 울었나요?"

"오늘은 아니에요."

채 식지 않은 고구마를 입안에서 굴리며 어렵사리 대꾸했다. 에밀리 할머니가 테이블 위로 컵을 밀어 내 앞에 두었다. 이온음료였다.

"엄마가 많이 아팠대요. 그런데 저한텐 비밀로 하려고 했대요."

앞자리에 나란히 앉은 할머니들이 서로를 마주 보았다가 다시 나를 보았다.

"내가 엄마여도, 아니, 내가 지금 여기서 갑자기 아팠어도 엄마한테 비밀로 했을 것 같긴 하더라고요. 내가 아파서 엄마가 호주에 오는 건 너무 미안할 것 같아서요. 그래서 더 슬프고 화가 났어요. 엄마가 아프다고 솔직하게 말했으면 내가 한국으로 갔을 텐데. 내가 아프면 엄마도 호주로 올 거라고 믿는 것처럼. 그래서, 왜 나한테 말 안 하려고 했는지 이해가 너무 잘됐어요. 엄마는 다 알고 있었단 말이에요. 엄마가 아프다고 하면 내가 내키지 않는 마음으로 자기한테 갈 거라는 걸."

말하다 보니 다시 눈물이 쏟아졌다.

"너무 바보 같아요. 엄마가 아플 때 곁에 있어 주지도 못하면서 이게 다 무슨 짓인지 모르겠고."

아무 짓도 하지 않았고 아무것도 모르고 있을 S가 그냥 미워졌다. 내가 호주 국내선밖에 뜨지 않는, 버스터미널만 한 공항 하나 달랑 있는 시골까지 온 건 다 S 때문이니까. 눈물이 줄줄 흘러 손에 쥔 고구마까지 적셨다. 할머니들은 한동안 잠자코 있었다.

"우리가 열두 살 때,"

셜리 할머니가 입을 떼고 에밀리 할머니가 문장을 완성했다.

"우리 어머니가 어머니의 어머니를 찾았다는 소식을 들었어요."

어떤 얘기를 들어도 위로로 느껴지지 않을 것 같아서 고개를 계속 숙이고 있었다. 내가 귀담아듣는 티를 내지 않는데도 할머니들은 이야기를 이어 갔다.

"어머니는 원주민 혼혈아들을 강제로 부모들과 떼어 놓는 정책의 피해자였거든. 일명 빼앗긴 세대라고 부르지."

"우리도 그 정책이 시행되는 동안 태어났지만 원주민 피가 '덜' 섞여 있고 어머니와 아버지 모두 안정적인 직업을 갖고 있어서인지, 낳아 준 부모 곁에서 자랄 수 있었어요."

여행안내 책자에서 본 듯한 기억이 어렴풋이 나는 얘기였다. 내게는 굳이 알 필요 없는 역사 상식 같은 것이라고 느껴졌던 것을 할머니들은 직접 겪은 기억으로 말하고 있었다.

"우리 어머니 역시 철이 나기도 전에 백인 양부모에게 강제 입양됐죠. 사실 거기엔 아주 작은 행운이 따라 주긴 했어요. 엉망으로 운영되는 위탁 가정이 아니라 아이를 정말 존중하는 가정에서 자라게 된 것이죠. 게다가 우리 어머니는 자기 아이들을 빼앗기지 않았잖아요."

"그래도 어머니는 오랫동안 자기 친어머니를 찾으려고 노력했어. 그 시절엔 잃어버린 생부모를 찾아 주는 게 직업인 사람들도 있었고 우리 어머니도 그런 사람들의 도움을 받았지. 그런데 그렇게 어렵게 찾은 어머니와 그리 가까이 지내지 않았어. 두 번 정도 만났던가?"

더는 듣고만 있을 수 없어서 고개를 들고 질문을 했다.

"왜요?"

할머니들은 은은하게 웃고 있었다.

"우리도 그 이유를 오랫동안 생각해 봤지요. 우리한테는 할머니를 존경하고 사랑해야 한다고 가르쳤거든요. 방학 때마다 우리를 할머니에게 보내서 같이 지내게도 하고 애버리지니 문화를 많이 배워 오라고도 하면서, 정작 어머니 당신은 그러지 않았던 이유가 뭘까."

"아마 자긴 늦었다고 생각한 것 같아. 양부모를 깊이 사랑하고 있기도 했고, 너무 멀어져 버린 자기 어머니를 보고 서먹한 감정을 느꼈겠지. 그런 감정을 느끼는 자기 자신이 싫기도 했을 거야."

할머니들의 이야기를 듣다 보니 눈물은 그쳤지만 뒤늦게 맑은 콧물이 흘러내렸다.

"할머니는 우리가 막 성인이 되었을 무렵 돌아가셨죠. 가족들이 다 같이 할머니 댁으로 가는 야간 버스를 탔어요. 자고 있었는데 셜리가 툭툭 쳐서 깨우더라고요."

"어머니가 흐느끼고 있었거든."

셜리 할머니는 크흠 하고 목을 가다듬고 이야기를 이어 갔다.

"그때 알았지. 어머니는 할머니를 사랑하지 않은 게 아니라는 걸. 할머니가 거기 있다는 것…… 살아서, 있다는 것만으로 위안받는 식으로 사랑하고 있었던 거야."

"감동적인 얘기지만 저한테 왜 그런 얘기를 해 주시는지 잘 모르겠어요."

입 밖에 내고 보니 생각보다 훨씬 싸가지 없는 말 같아서 내가 더 당황했다. 생판 남인 내가 알기엔 지나치게 내밀한 이야기가 아니냐는 말을 하려던 것이었다. 혹시 너보다 훨씬 불행한 가정사를 가진 사람도 있단다, 라고 하고 싶으신 것은 아니냐는 의심을 하고 있기는 했지만, 그걸 굳이 말할 생각은 없었다. 할머니들은 서로 마주 보고 웃었다.

"리틀 셜리를 가르치려거나 교훈을 주려고 한 이야기는 아니에요. 셜리도 잘 알겠지만, 어머니와 딸 사이에는 다른 사람들이 함부로 판단하거나 끼어들 수 없는 마음의 매듭이 있게 마련이잖아요?"

"우리도 우리 어머니를 많이 원망했어. 어머니가 할머니를 어떤 방식으로 사랑했든 할머니가 돌아가실 때까지 제대로 그 마음을 표현하지 못한 건 돌이킬 수 없는 일이었으니까. 하지만 우리가 할머니를 생각하는 마음이 어머니가 할머니를 생각하는 마음보다 크진 않았을 거야."

"그리고 어머니와 달리 우리에겐, 화해할 수 있는 시간이 많이 남아 있었으니까요."

엄마와 나에게도 남은 시간이 많이 있을까?

할머니들의 이야기를 듣고 눈물을 그친 대신 생각이 많아졌다. 하긴 할머니들이 거의 평생 생각해 왔을 일을, 훨씬 어린 내가 들은 자리에서 바로 이해할 수는 없겠지. 게다가 할머니들은 둘이 머리를 맞대고 생각할 수 있었겠지만 나는 혼자고 생각할 머리도 하나밖에 없으니까.

"그건 그렇고 이제 좀 내려놓지 그래."

내 눈물과 콧물로 범벅이 된 고구마를 가리키며 셜리 할머니가 말했다.

"대체 왜 그렇게 소중하게 쥐고 있는 거야? 더럽게."

별수 없이 웃고 나서, 한국에는 울다가 웃으면 엉덩이(butt)에 털이 난다고 놀리는 풍습이 있다는 것을 할머니들께 알려드렸다. 에밀리 할머니는 대체 얼마나 울다가 웃었길래 그 모양이냐고 셜리 할머니를 놀렸고(어차피 쌍둥이라서 외모를 가지고 놀리는 건 자기 얼굴에 침 뱉기 아닌가?) 셜리 할머니는 웃다가 울면 털이 빠지는 거냐고 진지하게 말했다.

방으로 돌아와서 한국행 비행기표를 검색하다가 노트북을 펼쳐 둔 채 잠들었다. 아침에 엄마한테서 전화가 와서 깼다. 노트북에 띄워 둔 항공권 검색 사이트에는 새로고침해서 최신 가격을 확인하라는 알림창이 떠 있었다. 엄마한테서 온 전화를 받자마자 끊고 되걸었다.

"안 들킬 수 있었는데."

"지금 농담이 나와?"

"농담? 무슨 농담. 아, 농담 하나 해 줘? 엄마 이제 생리 안 한다."

"참 좋겠다."

나는 인터넷 창을 새로고침하고 비행기표 가격을 눈으로 살피면서 대꾸했다. 사실은 가슴이 욱신거리고 목이 멨지만 엄마한테는 울음소리를 들려주기 싫었다. 엄마가 놀릴 게 뻔하니까.

"아. 너 지금 한국 오면 안 돼."

"왜? 갑자기? 안 갈 건데?"

마침 비행 스케줄 확인 중인 걸 들킨 것 같아 뜨끔했지만 오리발을 내밀었다.

"나 오빠랑 다시 사귈 수도 있어."

"뭐라고?"

지금 이 시점에 아빠 얘기를 꺼낸다고? 그리고 제발 나에게만은 오빠라고 하지 않으면.

"네가 한국 오면 오빠 이제 병문안 안 올 것 같단 말이야. 절대 오지 마. 알겠지? 믿는다? 아, 그래도 연락은 좀 자주 해. 끊어."

엄마는 자기 할 말만 하고 전화를 끊었다. 어이가 없어서 나오려던 눈물이 쏙 들어갔다.

진짜 똑같아, 엄마랑 나는.

자연스럽게 S 생각이 났다. 사실은 줄곧 생각하고 있었지만 엄마보다 S를 더 많이 생각하는 게 죄책감이 들어서 자제하려고 노력했는데, 이제 그러지 않아도 되니 안심이었다. S를 계속해서 좋아하고 싶었다. 어쩌면 엄마도 아빠를 바로 이런 식으로 좋아한 걸지도 몰랐다.

*

　신청한 지 20일 정도 지나 세컨드 비자 승인 연락이 왔다. 시스터스 로지보다 좋은 곳은 별로 없다는 걸 알지만 슬슬 떠날 준비를 해야겠다는 생각이 들었다. 멜버른으로 돌아가는 게 좋을까? 아예 가 본 적 없는 시드니? 브리즈번? 케언스? 기왕이면 한국으로 가는 비행기가 좀 더 자주 뜨는 곳으로 가고 싶었다. 한국행 비행기가 자주 있는 곳은 대도시고, 대도시의 공항에는 한국행 비행기뿐 아니라 호주의 다른 도시로 가는 기편도 많으니까. S가 호주의 어디에서 발견되더라도 바로 찾아갈 수 있을 테니까.

　할머니들은 있고 싶은 만큼 더 있으라고 했고 나도 할머니들에게 정이 듬뿍 든 참이었지만 더 망설일 수 없었다.

　그렇지만 어디로 가는 게 좋을지를 정하는 일도 여전히 어려웠다.

　숨을 한껏 들이쉬고 잠수했다. 물속에서 눈을 뜨고 코를 쥔 채 사람들의 발이 오가는 방향들을 보고 있었다. 아주 잠깐 그러고 있었을 뿐인데 숨이 찼다. 내가 처한 상황 때문이 아니라 실제로 숨이 막힐 만한 행동을 해서 숨이 찬 게 좋아서 좀 더 버텼다. 부력이 엉덩이와 등을 위로 끌어당기고 내 머리는 그대로 아래에 있으려 하다 보니 몸이 반 바퀴 굴렀다. 바로 그때, 누가 물 위에서 내 등허리를 철썩 때렸다. 깜짝 놀라서 고개를 들었다.

웬 풍채 좋은 부인이 '변태!(Pervert!)', 라며 화를 내고 있었다. 변태라고? 내가 뭘 어쨌다고? 어안이 벙벙한 채로 부인의 손이 또 내게 뻗쳐 오는 걸 보고만 있었는데, 그 뒤로 에밀리 할머니가 뛰어오는 것도 보였다.

어디 감히 내 새끼를 건드려!(Don't you dare touch my girl!), 라고 소리치면서 쿵쾅쿵쾅 뛰어오는 모습이 코뿔소 같았다. 에밀리 할머니가 평소엔 다정하지만 화나면 셜리 할머니보다 무섭구나. 부인은 황급히 수영장을 떠났고 나는 할머니가 보는 앞에서 오래오래 물장구를 치고 놀았다.

마침 할머니들하고 같이 수영장에 온 날 그런 일이 생겨서 다행이었을까? 에밀리 할머니가 나서 주지 않았다면 나는 그 부인에게 계속 모욕을 당하고 있어야 했을까? 아마 그랬겠지. 그런 상황에 어떻게 대처해야 하는지 상상해 본 적이 없으니까. 그렇다고 마냥 무력감만 느껴지지는 않았다. 언젠가 또 누군가 불쑥 내게 말도 안 되는 모욕을 하는 일이 생기면 에밀리 할머니를 떠올리면서 DON'T YOU DARE라고 말해 줄 수 있을 것 같았다. 이런 일이 이미 한번 일어난 덕분에.

수영장에서 다 놀고 나서는 할머니들을 졸라 외식을 했다. 리조트 타운에 있는 숙소 중에 피자 맛집으로 유명한 레스토랑이 있어서 내가 한턱내기로 했다. 피자는 각별한 의미가 있었다. S와 친구가 되기로 한 다음 처음으로 만나서 먹은 것도 피자였고 S가 자취를 감추기 직전에도 피자를 먹었으니까. 나는 메뉴판을 붙들고 이런 이야기들을 할머니들에게 했다. 다음에 S를 만나면 나도 맛있는 피자 가게를 하나 찾았다고 하고, 어디냐고 당장 가자고 하면 울루루에 있다고 해야지. 이 아이디어를 듣고 셜리 할머니는 유치하다고 했고 에밀리 할머니는 낭만적이라고 했다. 둘 다 정확한 평가였다.

"어, 그 아가씨 맞죠? 저번에 우리 여행사 와서 빨간 머리 금발머리 까만 머리 젊은이 삼인조 본 적 있냐고 했던?"

피자 첫 조각을 막 맛보려던 참에, 옆 테이블 여자분이 쓰고 있던 선글라스를 걷어 올리며 말을 걸어왔다. 나는 피자를 접시에 내려놓고 한껏 벌렸던 입도 다물었다. 엄청나게 부끄러웠다. 처음 울루루에 왔을 때 리조트 타운 전체 순회를 돈 게 아직까지도 회자되고 있다는 게. 하지만 그분이 하려던 얘기는 그게 아니었다.

"맞잖아요? 그때 까만 머리 사진도 보여 줬고. 나 얼마 전에 그 사람 봤거든요."

"네?"

"지난주에 킹스 캐니언 울루루 묶음 투어 왔다 간 단체 팀에 왠지 낯익은 사람이 있길래 말을 걸어 봤어요. 혹시 한국 친구 있지 않냐고. 맞다고 하던데요. 아가씨가 아직 타운에 있는 줄 알았으면 그 얘길 해 줄걸 그랬네."

S를 다시 만날 수 있는 가능성이 조금 더 열렸다는 소리였다. 그건 그렇지만 그 얘기를 먼저 들어 버린 탓에, 나는 그 집 피자 맛을 절대로 기억할 수 없게 되었다.

||

처음 만날 때는 그토록 쉽게 만났는데 왜 두 번째는 이토록 어려운 걸까요?

언젠가 당신이 한 무리의 어린아이들에게 너희 할머니와 나는 바로 이렇게 만났단다, 라고 하면서 이 이야기를 들려주는 상상을 했어요. 예전에 당신이 당신 할머니 할아버지가 처음 만나던 때 얘기를 내게 들려줬던 것처럼요. 그때 들려줄 얘기를 좀 더 멋지게 만들기 위해서일까? 이것 말고는 장점이 딱히 없는 것 같아서요.

벌써부터 나와 평생을 함께해 달라는 말을 해서 겁을 주려는 건 아니에요. 어려운 일인 걸 알아요. 그건 우리 부모님들도 못 한 일이었잖아요. 우리가 꼭 그래야 한다고 생각하지도 않아요.

그래도 이런 상상을 할 때 내가 행복하다는 말을 하고 싶었어요.

　그리고 당신도 그런지 나는 꼭 알아야겠어요.

Track 10

▶

여행사 직원은 원래 이런 거 보여 주면 안 된다고 하면서도 지난주 단체 투어 참가인 명부를 화면에 띄웠다. 그 안에 S의 이름이 있었다. 정말이었다. 아주 가까이 있었구나. 이렇게 가까이 스쳐 갔는데 전혀 몰랐다니. 뒤늦게 억울한 마음이 들었지만 그야말로 뒤늦어서 아무 소용 없었다.

"이 사람 그럼 지금은 어디에 있는 거예요?"

"앨리스스프링스 쪽 우프에서 왔네요. 이쪽 농장에서 오는 팀들이 종종 있어서 알아요."

우프라면, 자원봉사 형식으로 농장에서 일을 하는 팜스테이 같은 거 말인가. 언어가 서툰 워킹홀리데이 초심자들에게 종종 추천되는 코스라서 알고는 있었다. 앨리스스프링스는 울루루에서 가장 가까운 도시였다. 가장 가깝다고 해도 서울에서 부산 정도 거리는 될 터였지만, 그 정도는 마음만 먹으면 당장이라도 찾아갈 수 있었다.

이렇게 가까이 있는데 왜 연락을 안 했을까? 혹시 나한테 연락하고 싶지 않았던 걸까?

"이 빈칸은 뭐야?"

셜리 할머니가 모니터를 쿡 찌르며 물었다.

"원래는 이 필드에 연락처가 들어가요."

왜 연락처를 비워 뒀지? 핸드폰을 없앴나? 잃어버렸나?

"그럼 그 우프 책임자 연락처를 알려 줘요."

에밀리 할머니가 차분하게 말했다. 우리는 그 자리에서 S의 우프로 전화를 걸었다. 에밀리 할머니가 전후 사정을 설명한 다음 나에게 전화를 바꿔 줬다.

"S가 말하던 그 셜리군요."

S도 다른 사람들에게 내 이야기를 했구나. 뭐라고 했을까.

"S와 통화할 수 있을까요?"

"S는 떠났어요."

마음이 와르르 무너지는 것 같았지만 참을 만했다. 지금보다 훨씬 힌트가 적을 때에도 포기하지 않았으니까.

"언제요?"

"사흘 전에요."

사흘 전이라면 S가 투어를 다녀가고 이틀이 지나서였다.

"혹시 어디로 갔는지 아세요?"

"퍼스로 간다고 했어요."

"퍼스요?"

나는 할머니들이 들을 수 있게 큰 소리로 상대방의 말을 따라 했다. 셜리 할머니가 아무 노트나 집어 들고 글씨를 휘갈겨 써서 보여 줬다. '뭘 타고 갔냐고 물어봐'.

"뭘 타고 갔나요?"

"그레이하운드 버스로 서부 연안까지 가서 브룸에서 퍼스행 비행기를 탈 거예요. 제가 가르쳐 준 방법이죠. 앨리스 스프링스에서 비행기로 곧장 퍼스로 가는 것보다 돈이 훨씬 적게 들거든요. 시간과 체력이 좀 더 들지만."

셜리 할머니는 노트를 휙 넘겨 '연락처'라고 썼다.

"혹시 연락처를 알 수 없을까요?"

"S는 핸드폰을 안 써요. 우리 농장에 오기 전에 잃어버렸다고 하던데요."

"메일 주소는요?"

"아, 그건 농장 지원 메일함에 있을 거예요."

담당자는 S의 메일 주소를 천천히 불러 줬다.

"더 묻고 싶은 거 있어요?(Any questions?)"

"더 묻고 싶은 거요? 음······"

에밀리 할머니가 와이, 와이 입 모양으로 말하고 있었다.

"퍼스에 왜 갔는지 혹시 아시나요?"

에밀리 할머니가 고개를 끄덕였다.

"쿼카를 보고 싶다고 하던데요."

"그렇군요. 감사합니다."

시스터스 로지로 돌아오자마자 비행기표가 있는지부터 확인했다. 사흘 전에 출발한 S를 앞지르거나 따라잡아야 하니까. 에어즈록 공항과 앨리스스프링스 공항 모두 퍼스 직항편은 없었고 시드니를 경유하는 게 제일 빨랐다.

"내일은 일찍 일어나야겠구나."

셜리 할머니가 내 모니터를 건너다보며 말했다.

밤에 잠이 오지 않아서 그저 눈을 감고 누워 있었다. 선잠에 들었다가 알람 소리를 듣고 번쩍 일어나 미리 싸 뒀던 짐과 여권과 웹 항공권을 차례대로 체크했다. 코딱지만 한 공항이지만 무슨 일이 있을지 모르니까 다른 공항에 갈 때랑 똑같이 세 시간 전에 미리 갔다. 국제선이 아니다 보니 딱히 일찍 나온 보람이 없어서, 배웅 나온 할머니들하고 커피를 마셨다. 헤어질 때는 최대한 씩씩한 모습으로 할머니들에게 손을 흔들었다.

"무슨 일 있으면 전화해!"

"우리도 계속 알아보고 있을게요!"

할머니들은 크지도 않은 공항에서 손나팔을 만들어 목청을 돋웠다. 할머니들이 그러는 게 조금 창피했고 그 창피함이 꽤 우쭐했다.

시드니까지 세 시간. 공항에서 세 시간 정도 환승 대기. 다시 시드니에서 퍼스까지 다섯 시간. 퍼스에 도착하면 오후 11시. 더 셜리 클럽 서호주(Western Australia) 지부 회원분이 마중을 나오기로 해서 공항에서 밤을 지샐 염려는 없었다. S는 이미 퍼스에 도착했을까? 벌써 로트네스트섬에 가 있을까? 내가 아는 S라면 여유롭게 육로 여행을 즐기며 가고 있을 것 같은데. 그레이하운드 버스는 티켓 유효기간 안에만 목적지까지 가면 된다고 하니까. S가 나와 비슷하게 퍼스에 도착하거나 나보다 조금 늦을 것 같은 근거 없는 확신이 들었다. 쿼카 때문이었다. 단지 쿼카를 보는 게 목적인 사람이 다른 도시들보다 접근성이 떨어지는 그곳까지 일분일초를 아까워하며 서두를 것 같다는 상상은 아무래도 할 수 없었다.

쿼카는 전 세계에서도 호주에만, 호주에서도 퍼스 앞바다 로트네스트섬에만 사는 작은 동물이었다. 입 모양 때문인지 성격 때문인지 항상 웃고 있는 것처럼 보여서 세상에서 제일 행복한 동물이라고 불리는. 로트네스트섬에는 꽤 많이 살고 있지만 역시 희귀 동물이라 직접 만지는 건 불법인데, 사람을 좋아해서 사람에게 자꾸 접근하는 바람에 '웃으며 다가오는 벌금'이라고도 불린다고 했다. 러브크래프트 소설에 비슷한 표현이 나왔던 것 같은데…… 아무튼 S가 좋아할 법한 동물이라는 생각이 들었다.

시드니 킹스포드 스미스 공항 게이트에서 가방을 열어 안을 보여 주다가 시스터스 로지 할머니들이 몰래 넣어 둔 엽서를 발견했다.

셜리에게

『빨간 머리 앤』을 읽었다면 앤의 미들 네임이 셜리인 것을 기억하고 있겠죠. 앤 셜리 커스버트. 앤은 자기 이름 앤에 e가 붙는다며 그냥 앤보다 우아한 이름이란 걸 강조했지만, 내 생각에는 앤보다 미들 네임을 강조하는 게 좋았을 것 같아요. 나는 어렸을 때부터 셜리라는 이름을 부러워했거든요. 그렇게 특별하고 사랑스러운 이름은 드물다고 생각해요.

셜리라는 이름을 가진 한국인 소녀는 노던준주를 통틀어 당신이 유일했을 거예요. 어쩌면 호주 전 대륙을 통틀어서도 그럴 거고요.

당신은 아주 특별한 사람이에요. 리틀 셜리와 함께 보낸 시간을 오랫동안 기억할 테니, 셜리도 잊지 말아 줘요.

사랑을 담아,(Love,)

셜리의 자매로부터

셜리에게

에밀리가 이미 멋진 편지를 써서 나는 그리 할 말이 없다.

네가 찾고 있는 사람도 혼혈이라고 했지. 여러 문화적 배경을 지닌 사람들은 그 문화적 배경에서보다 그들을 사랑해 주는 사람들 안에서 정체성을 찾게 된다. 나는 그렇게 생각해. 우리는 우리가 사랑하고 우리를 사랑해 주는 사람들 안에서 우리가 된다.

네가 찾고 있는 사람에게 네가 주는 사랑이 그 사람을 완성해 줄 거다.

건강해야 한다.

너의 충실한(Your sincere)

셜리 넬슨

할머니들은 글씨체도 똑같이 악필이었다.

엽서의 뒷면에는 손바닥만 한 울루루 바위 사진이 인쇄되어 있었다. 시스터스 로지에서 내가 묵던 방 창문으로 보이던 크기와 거의 비슷했다. 매시간 다른 색깔로 빛나던 울루루 바위를 보면서도 나는 S를 생각했다. 늘 다른 색으로 보이지만 그 바위가 그 바위인 것은 절대 바뀌지 않는다는 사실 때문에. 내가 S를 생각하고 있을 때 할머니들은 나를 생각하고 있었구나.

눈물을 닦고 가방을 다시 챙겼다.

퍼스 공항에 마중을 나와 준 셜리 카아 씨는 더 셜리 클럽 멤버로는 눈에 띄게 젊은 분이었다. 카아 씨는 서호주 셜리 클럽의 간사를 맡고 있다고 했다. 벨머린 아주머니보다 젊을 수도 있다는 생각에 자꾸 힐끔힐끔 보게 되었는데, 보이는 것보다 나이가 많다고 앞질러 말씀하셔서 내심 부끄러웠다. 나도 호주에 와서는 자주 실제보다 훨씬 어린 나이로 오해를 받아서 불편할 지경이었는데, 똑같은 실수를 저지른 것이다.

"로트네스트까지 가면 그 S라는 사람은 독 안에 든 쥐겠네요. 섬 출입구가 하나뿐이니까."

기죽어 있던 내가 안됐는지 카아 씨는 말을 돌렸다. 맞는 말이었지만 그렇게 생각하니 더 셜리 클럽이 무슨 마피아 조직 같아서 적절한 대답을 찾기가 어려웠다.

전날 밤에 잘 못 자서인지 버스에서는 베개에 머리를 대자마자 곯아떨어졌다. 덕분에 아침에도 잘 일어났다. 카아 씨 댁에 캐리어를 두고 백팩만 메고 로트네스트섬에 다녀오기로 했다. 이틀이나 사흘쯤 걸릴 수도 있는데 그보다 늦을 것 같으면 연락하겠다고 카아 씨에게 약속했다. 페리선 항구가 있는 프리맨틀까지 카아 씨가 데려다주었다.

"행운을 빌어요."

"고맙습니다."

로트네스트행 9시 반 페리를 탔다. 30분간 여러 생각을 했다. 만약 S가 지금 로트네스트섬에 없으면 어떡하지. 아직 로트네스트섬에 도착하지 않았다면 현지 숙소를 잡아 기다리면 되지만, 이미 로트네스트섬을 다녀갔다면 또 언제 만나게 될지 알 수 없는데. 아니야, 괜찮아. 그럴 때를 대비해서 메일 주소를 받아 둔 거니까. 로트네스트섬에 이미 다녀갔다고 해도 퍼스에서 멀리 떠나진 못했을 거야. 그런데 메일을 쓴다면 뭐라고 써야 하지? 자기를 따라 울루루에도 갔다가 여기까지 왔다는 걸 알고 소름 끼쳐 하면 어떡하지? 여행사 직원이 나를 안다고 했을 때 S가 어떤 반응을 보였는지도 좀 물어봐 둘걸.

배를 탄 건 고작 30분이었는데 멀미가 났다. 잡생각이 많은 탓도 있었겠지만 파도가 높은 것도 문제였다. 만약 S가 나랑 같은 날, 나보다 조금 늦게 로트네스트섬으로 오려고 했다면 어떡하지? 파도가 심하면 페리 스케줄이 취소되기도 한다던데.

배에서 제일 먼저 내렸지만 걸을 수가 없어서 선착장 표지판을 붙들고 간신히 서 있었다. 나보다 늦게 내린 사람들이 앞질러 걸어가거나 자전거를 빌리는 광경을 한참 보다가 가방을 고쳐 멨다.

"셜리?"

그때였다.

"셜리예요?"

뒤에서 파도 같은 보라색이 나를 덮쳐 오는 듯이 느껴졌다. 멀미가 순식간에 가시고 눈이 번쩍 뜨였다. 그렇지만 돌아설 용기는 좀처럼 나지 않았다.

"나예요."

S가 내 앞으로 걸어왔다.

그렇게 찾던 사람이 같은 배에 타고 있었다니. 바로 여기에 있다니. 눈앞에 보이는 사람이 내가 찾던 그 사람인 걸 도저히 믿을 수가 없어서 나도 모르게 손을 잡았다.

"찾았다."

그대로 나는 울음을 터뜨렸다. S는 남은 한 손으로 내 어깨를 살며시 잡았다가 이내 감싸 안았다. 한참을 그렇게 있었다. 프리맨틀항으로 나가려는 사람들이 선착장 표지판 옆에서 그러고 있는 우리를 쳐다보는 시선이 따갑게 느껴질 때까지.

"왜 그동안 아무 연락 없었어요?"

S도 로트네스트에서 하루 이틀 묵을 생각이었다고 해서 섬 구경은 조금 미뤄 두고 이야기를 나누기로 했다. 우리는 해변에 자리를 잡았다. 사파이어와 페리도트를 액체로 만들어서 섞은 것 같은 바다였다.

"할아버지가 돌아가셨어요."

처음부터 말문이 막히는 얘기가 나와 버렸다. 파도가 서너 번 지나갈 동안 나도, S도 말을 잇지 못했다. S는 다시 천천히 이야기를 시작했다.

"독일에 가자마자 핸드폰을 잃어버렸어요. 공항에서부터 없었던 것 같은데 할머니 댁에 도착해서야 알았죠. 유심 칩을 독일 것으로 갈아 끼우기도 전이어서 찾을 엄두도 안 나더라고요. 할머니가 많이 상심하셔서 예정보다 오래 머물렀어요. 호주로 꼭 돌아가야 할까 하는 생각도 가끔 들었고요."

그런 사정이 있는 줄도 모르고 때때로 심하게 원망했던 게 미안해졌다.

"더 빨리 연락을 할 수도 있었을 거예요. 처음에는 그렇게 하려고 했어요. 장례식 끝나자마자 새 핸드폰을 사서 어떻게 든 호주에서 만난 사람들에게 연락을 하고, 셜리 연락처를 다시 구하고…… 걱정하지 말라고, 곧 돌아갈 거라고 하고 싶었어요. 최대한 빨리요. 심지어는 할아버지의 관에 기댄 채로도 그 생각을 하곤 했어요. 그러다 깨달았죠, 내가 지금 무슨 상상을 하는 거지? 할아버지 장례식에서? 이상하게 들릴 수도 있겠는데. 왠지 할머니한테 죄송한 마음이 더 컸어요. 할아버지보다도."

"어떤 마음인지 알 것 같아요."

S의 옆얼굴에 씁쓸한 웃음기가 고였다. 그 표정을 보니 후회가 됐다. 알 것 같다는 말, 함부로 하지 말걸.

"계획했던 것보다 오래 뮌헨에 머물게 된 건 그 죄책감 때문이었어요. 처음에는 분명히 그랬어요. 할머니를 조금이라도 더 행복하게 해 주고 떠나야지. 할머니가 행복해하는 모습을 보기 전에는 떠나지 말아야지. 그런데 날이 갈수록 그 죄책감이, 할머니 때문에 떠날 수 없다는 게…… 오히려 핑계였다는 게 분명해지더라고요. 사실은 호주로 돌아오는 게, 셜리를 다시 만나는 게 겁나서 그럴듯한 이유를 만든 거였어요."

"내가 무서웠어요?"

목이 멘 채로 조심스레 물었다. S는 웃었다. 조금 전보다 한결 편해 보이는 미소였다.

"무서운 건 나였죠."

"왜요?"

"이런 내가, 나 자신을 다 알지도 못하는 내가, 이런 상태로 다시 셜리를 만나도 될까. 마음대로 행복해져도 될까."

"왜 그러면 안 되는데요?"

"여전히 나는 내가 누구인지 모르니까요. 흐릿한 주제에 복잡하죠. 늘 내가 누구인지, 어떤 사람인지를 생각해야 한다는 건, 다른 사람을 생각할 여유가 없다는 뜻도 돼요. 이런 내가 누구를 보고 싶어 하고 다시 만나고 싶어 하는 건 너무 이기적인 일 같았어요."

알 것 같다, 는 대답을 한 번 더 하려다 입을 다물었다. 사실은 S의 말을 완벽하게 이해할 수 없어서 슬펐다. 그건 S라는 사람만 할 수 있는 생각에서 나온, S 자신만의 고통이니까. 한편으로는 대단히 역설적인 얘기로 들리기도 했다. S가 지니고 있는 슬픔에 나도, 다른 어떤 사람도 참여할 수 없다는 사실이, S를 또렷한 한 사람으로 만들어 주는 것 같아서.

그건 전혀 이기적인 일이 아니에요.

내가 받은 느낌을 S에게 정확하게 전달하는 게 과연 가능할까. 매끈하고 길면서도 마디마디가 분명한 S의 손가락들을 쓰다듬으면서 생각했다. 아마도 어려울 거야. 줄곧 당신이 얼마나 보라색인지를 알려 주고 싶었지만 그러지 못했던 것처럼.

"그런데도 호주로 돌아온 건 또 다른 핑계 때문이었죠. 장례식 때문에 오랜만에 아버지를 뵈었는데, 공부를 하고 싶으면 런던으로 오라고 하더라고요. 할머니와 어머니로부터 날

떼 놓으려는 게 분명했지만…… 아버지 곁으로 가면 학업 지원을 더 받을 수 있는 것도 사실이어서 고민이 됐어요. 생각해 본다고 하고 아버지를 돌려보냈는데, 오히려 할머니랑 어머니가 적극적으로 런던행을 권했어요. 장래를 생각하라고요. 그러니까 런던으로 가지도, 뮌헨에 남지도 않고 호주로 돌아온 건 또다시 도망친 거나 다름없어요. 비겁하죠?"

나는 S의 손을 좀 더 힘주어 잡았다. 그러고 보니 한참 전에 잡았던 손을 아직도 빼지 않았다는 건 무슨 의미지, 그것도 이렇게 햇볕이 쨍쨍한 날씨에, 이런 잡생각에 마음을 빼앗기지 않고 S의 이야기를 들어 주려고 노력하면서.

"호주에 가서 다시 핸드폰을 만들고 아버지께 연락을 드리겠다고 약속했는데, 아직 못 했어요. 고민이 안 끝나기도 했고, 전자기기 사용이 제한되는 우프에서 몇 주 보내기도 했고. 거기서 셜리 소식을 들은 건 뜻밖이었죠."

"그게 무슨 뜻이에요?"

혹시 반갑지 않았다는 의미인가?

"셜리도 한국에 돌아갔거나 다른 주로 이주하지 않았을까 했거든요. 호주에 돌아오자마자 우프에 들어간 건 아니었어요. 멜버른에 들러 셜리를 찾다가 앨리스스프링스에 갔어요. 고작 이틀 동안이었고, 이래도 되는 건가, 호주로 돌아오기 전에 그렇게 고민했는데 다시 만나도 괜찮은 건가…… 그런 생각도 했지만, 이왕 돌아온 거, 역시 만나고 싶었으니까. 원래 살던 셰어하우스 주소는 기억이 안 나서 도라를 찾아가 봤는데 도라가 아무것도 알려 주지 않더라고요."

그 망할 계집애 벼락이나 맞았으면.

"할머니에게 셜리 얘기를 많이 했어요. 사실은 워킹홀리데이 이야기를 들려드리려는 거였는데, 하다 보면 꼭 셜리 얘기로 끝났거든요. 할머니도 셜리를 꼭 다시 만났으면 좋겠다고 했어요. 당장이라도 할머니께 셜리를 소개하고 싶은데 그러지 못해서 무척 아쉬웠고요."

맥이 탁 풀렸다. 그 정도인가. S한테 나는 한국인 할머니를 기쁘게 해 줄 한국인 친구일 뿐인가. S는 겸연쩍어하며 말을 이어 갔다.

"아마 할머니는 그저 내가 한국인 아가씨를 좋아한다는 걸 마음에 들어 한 것 같지만, 그래서 더 오기가 생겼어요. 내가 좋아하게 된 사람은 그냥 아무 한국인 여자가 아닌 걸, 국적 때문에 좋아하게 된 게 아니라는 걸 할머니께 꼭 알려드리고 싶다는 생각."

"뭐라고요?"

"좋아한다고요."

"나도요."

나는 약간 당황해서 빨개진 얼굴로 대꾸했다. 문득 눈을 들어 보니 S도 왠지 얼룩덜룩해진 얼굴을 잔뜩 찌푸리고 있었다.

"이런 식으로 말할 생각이 아니었는데."

"나도요."

민망할 만큼 날씨가 좋았다. 이따금 먼 곳에서부터 밀려온 파도가 우리 발 앞까지 들이닥쳤다.

"그렇지만 나만 노력했잖아요. 나만 찾아다녔잖아요."

"나도 셜리를 다시 만나려고 했어요. 워킹홀리데이 기간 안에 만나지 못하면 그 후에라도 찾아내고 말 거라고 생각했다고요. 아무리 이기적이라고 해도 좋으니까 만나서 말하고 싶었단 말이에요. 얼마나 보고 싶었는지, 나에게 셜리가 어떤 사람인지 말하고 싶었다고요."

S는 조금 화가 난 듯한 얼굴로 말했다.

"내가 먼저 좋아한 게 명백하잖아요. 늘 내가 먼저 만나자고 졸랐잖아요. 셜리 생각은 어떤지 전혀 모른 채로 독일로 돌아가야 해서 얼마나 불안했는데요. 할아버지가 돌아가셨는데도 셜리 생각밖에 안 나서 내가 얼마나……."

S는 울먹이면서 내 손을 감싸 쥐었다. 마음이 아파서 안아 주고 싶었지만 아직은 쑥스러운 마음이 더 컸다. 대신에 어깨에 조심스레 기대면서 말했다.

"다시 만나서 반가워요."

"사랑해요.(Ich liebe dich.)"

"네?"

"나를 찾아내 줘서 고마워요."

S는 고개를 조금 돌린 채로 말했다. 내게 주지 않은 나머지 손으로 눈가를 닦고 있었다.

"셜리는 어떻게 지냈어요?"

"말하자면 길어요."

"다 들을 수 있어요."

우리는 자리에서 일어났다.

Hidden Track

⏸

⊚

잘 지내요?

알고 있어요, 잘 지내는 거. 전화를 끊자마자 이렇게 물어
보는 건 조금 어색하지만 그러려니 하고 들어 줘요.

계절이 반대니까 호주는 다시 곧 여름이겠네요. 런던의 겨
울은 어때요? 학교 친구가 교환학생으로 런던을 다녀왔다고
하는데, 날씨가 내내 별로였대요. 한국에 온 지 얼마 안 되었
을 때는 날씨가 너무 좋아서 눈물이 핑 돈 적도 있었대요. 날

씨라면 호주가 정말 좋다고, 호주 봄가을 하늘은 수출감이라고 하니까 나더러 호주병 진짜 심하다고 하더라고요. 그러는 자기는 입만 열면 영국 타령 하면서. 뭐, 걔가 하는 말은 대부분 불평이지만요.

한국에 돌아온 지 이제 석 달 됐네요. 요새는 세계 어딜 가나 비슷비슷한 데다 외국 생활이라고 해 봤자 겨우 1년 반이었으니까, 귀국해서 적응하고 자시고 할 게 없겠다고 생각했는데, 의외로 바로 적응이 안 되는 것도 있더라고요. 지하철이나 버스 같은 곳에서 모르는 사람과 눈이 마주쳤을 때 씩 미소 짓는 습관 같은 거요. 호주에 처음 갔을 때도 미소로 가볍게 건네는 인사에 적응하기 어렵다는 생각을 했는데, 막상 한국에 들어와서는 나만 웃어서 어색한 상황이 자꾸 생기는 거 있죠. 눈을 피하거나 이상한 표정으로 마주 보거나 하는 경우가 대부분이었는데요, 종종 지금 나 보고 웃은 건가? 하듯 두리번거리는 사람도 있고, 아주 드물게는 나랑 자기랑 혹시 아는 사이인지 확인하려는 듯 눈을 가늘게 뜨고 어색하게 마주 웃는 사람도 있었어요.

엄마는 건강해요. 수술하고 한동안 날것도 못 먹고 멀리 가지도 못해서 우울했다고 하는데, 수술하고 만 1년이 지났는데 이상 소견이 없어서 이제 슬슬 좀 무리해도 괜찮다고 하더라고요. 그런데 내가 알기로 엄마는 회도 안 먹고 집에 틀어박혀 있기를 좋아하던 사람이어서 그게 뭐가 힘들었을 지는 잘 이해가 안 됐어요. 아마 병원에서 하지 말라고 한 것들을 진짜 하고 싶어서 힘들었던 게 아니라, 하면 안 되는 일들이 그렇게 많아졌다는 사실 자체에 숨이 막혔던 게 아닐까요. 아무튼 엄마는 여전히 회도 안 먹고 여행도 안 가고 잘 지내요.

아빠하고는 비밀로 사귀고 있다고 해요. 누구한테 비밀이냐고 했더니 언론과 시어머니에게 비밀이라고 하더라고요. 언론은 그렇다 치고 할머니는 왜? 하고 물으니까 다시 합치라고 할까 봐 그러지 뭐, 결혼 또 하긴 싫어. 그러는 거 있죠.

오빠랑은 평생 연애나 하는 게 딱인 것 같아. 하긴 이렇게 말해 봤자 너 같은 애기가 뭘 알겠니.

솔직히 엄마랑 아빠가 헤어졌으면 좋겠어요. 내가 봤을 땐 엄마나 나나 정신연령이 거기서 거기인데 아빠랑 사귄다고 엄마가 어른인 척하는 게 꼴 보기 싫어서요. 그리고 제발 그 오빠 소리 좀 안 했으면.

반은 농담이고요.(나머지 반은 진심이라는 뜻이죠.) 그래도 둘 다 행복해 보여서 좋긴 해요. 날 마냥 애로만 보다가 나중에 큰코다칠 엄마를 생각하면 벌써 재밌기도 하고요. 나 너무 못됐나? 그래서 말인데 뮌헨에서 만나는 것보다 서울에서 만

나는 게 먼저였으면 좋겠어요. 여기까지 말하고 보니까 나 정말 이기적이다.

사실 어디에서든 좋으니까 크리스마스를 같이 보내고 싶은 마음이 제일 커요.

그건 그렇고 우리 퍼스에서 다시 만났을 때 동선을 체크해 봤어요.(알죠, 나 집요한 거?) 조금 억울하더라고요. 저번에 우리 싸울 때, 셜리가 멜버른에 있었으면 우린 훨씬 빨리 만났을 거고 그 모든 소동도 없었을 거예요, 라고 했잖아요. 그런데 자세히 보니까 호주에서 다시 만나긴 어려웠을 것 같더라고요. 만약 내가 다른 일자리, 다른 숙소를 찾아서 계속 멜버른에서 지냈어도 도라는 내 얘기를 절대 당신한테 해 주지 않았을 거고 아마 난 엄마가 아픈 걸 알자마자 바로 한국으로 떠났을 테니까. 당신 혼자서 나 없는 호주 대륙을 유람했겠죠. 잠깐만, 그럼 우리 엄마랑 아빠가 만나는 것도 내가 멜버른에 그대로 있지 않았던 탓이 되나.

편잔이 길어졌지만 당신 말도 맞다고 생각해요. 워킹홀리데이가 아니었어도 우리는 어떻게든 서로를 찾아서 다시 만나고 말았을 거라는 생각이 들어요. 그 어디에 있었어도 당신 목소리는 보라색이었을 거고 내 이름은 셜리였을 테니까.

나름대로 고된 시간을 호주에서 보냈다고 생각했는데 벌써부터 많이 그리워요. 귀국 직후엔 시름시름 앓다시피 했어요. 블로그에 워킹홀리데이 일지를 남기는 사람들 중에 한국에 돌아왔다가 어떻게든 다시 호주로 돌아가는 사람들도 꽤 많던데, 그 마음들을 조금 알 것도 같아요. 한낮에 퇴근해서 올려다보는 어느 곳 하나 막힌 곳 없이 트여 있는 호주 하늘, 그런 것도 무시할 수 없겠지만, 무엇보다 거기서 만든 기억들이 너무 생생해서일 거예요. 왜냐하면 대부분은 힘과 의욕이 넘칠 때 워킹홀리데이를 가니까, 너무 어리지도 너무 늦지도 않은 몸에 용기를 꽉꽉 채운 채로 호주에 가니까, 그 기억 속의 자기가 현재의 자기만큼, 어쩌면 바로 현재의 자기 자신보다도 더욱 생생한 게 당연한 일일지도 몰라요. 내가 그렇거든요. 지금까지의 내 인생에서 가장 힘냈던 때. 공장에서, 농장에서, 호텔에서, 식당에서, 워킹홀리데이를 가기 전에는 상상도 해 본 적 없는 힘든 일들을 했지만, 다 좋았어요. 힘들지 않았다는 게 아니라, 힘든 것까지 포함해서 다 좋았다고요.

　특히 좋았던 건 우리가 처음 만났을 때 함께 보낸 시간이에요. 그런데 우리가 같이 있었던 순간들만이 아니라, 그때 그날들 전체가 통째로 다 생각나요. 도라나 셰어 마스터 같은 사람들까지도 궁금해질 때가 있다니까요. 어떻게들 지내고 있을까?

물론 정말 궁금한 건 더 셜리 클럽 할머니들의 안부예요. 클럽 뉴스 레터가 오기도 하고 따로 메일을 주고받는 할머니들도 계시지만 각각의 셜리들 말고 셜리 '클럽'은 어떻게 되어 가고 있는지. 클럽 뉴스 레터에는 부고 소식이 실려 있기도 하거든요. 여러 번 얘기했지만, 셜리라는 이름은 워낙 올드 패션드라서 클럽 회원들이 대부분 나이가 많으시잖아요. 부고 메일을 받으면 일단 슬프기도 하지만 셜리라는 이름이 멸종하고 있는 듯한 묘한 느낌을 받기도 해요. 이미 많은 이름들이 사라졌을 테니까 호들갑 떨지 않고 받아들여야 할 일이겠지만, 셜리라는 이름을 가진 사람이 지구상에 하나도 없는 날은 아주 천천히 왔으면 좋겠어요. 설마 내가 이 행성의 마지막 셜리가 되지는 않겠죠. 조금 이상하거나 촌스러운 이름을 짓는 부모님들은 언제 어디에나 계시니까, 내가 모르는 어딘가에는 열 살이나 스무 살 어린 셜리도 분명히 있을 거예요. 꽤 많을지도 모르고. 아마 여자애들일 거고, 자라면서 조금씩은, 어쩌면 심하게도 놀림을 받겠죠. 할 수 있다면 그 아이들 하나하나에게 이 이름이 얼마나 멋진지를 알려 주고 싶어요.

그런 마음과 이런 마음과 저런 마음을 모두 담아서 셜리 클럽을 위한, 클럽에 헌정하는 노래를 만들고 있어요. 우리는 모두 셜리이면서 동시에 유일한 셜리라는 노래요. 다른 사람이 만든 노래를 부르면서 이 노래를 만들 때 작사가는, 작곡가는 무슨 상황에서 어떤 생각을 했을까를 궁금해한 적이 많았는데, 조금 알 것 같기도 하고…… 다들 생각하는 게 다를 테니, 역시 나만 이런가 싶기도 하고.

나는 주로 당신을 생각해요. 누구를 찾고 있냐고 처음 내게 묻던 순간 당신 목소리의 보라색을 떠올려요. 이 노래를 부를 때는 누구의 목소리나 보라색이 되었으면 좋겠어요. 라일락 같은 보라색은 더 셜리 클럽의 상징 색이기도 하거든요. 한국어로도 가사를 잘 못 짓는데 영어로 만들려니까 내용이 자꾸 유치해지는 것 같긴 하지만 언젠가 클럽에서 다 같이 이 노래를 부르는 상상을 하면서 만들어 봤어요. 힌트를 주자면 발리에서 우리 수영할 때 내가 튜브 위에서 흥얼거리던 멜로디로 시작한다는 거예요. 그때 나한테 노래 제목이 뭐냐고 물었던 거 기억해요? 그때는 비밀이라고 했지만, 사실 비밀로 할 것도 없었죠. 당신은 이 노래의 제목을 이미 알고 있으니까.

그리고 셜리인 내 생각에는, 셜리가 세상에서 제일 사랑하는 사람인 당신에게 이 노래를 세계 최초로 들을 권리가 있어요.

그럼 부를게요. 이미 충분히 쑥스러우니까 노래가 별로여도 놀리면 안 돼요. 하나, 둘,

‖

△

작가의 말

사랑에 빠졌을 때 어떤 사람은 노래를 부르고 어떤 사람은 그림을 그리고 어떤 사람은 집을 짓고 어떤 사람은 요리를 하고 어떤 사람은 이야기를 만든다. 한편 어떤 사람이 뛰었기 때문에, 웃었기 때문에, 그냥 그때 그 자리에 마침 있었기 때문에 사랑에 빠지는 일도 있다. 이런 일들로 사랑이 동사라는 사실을 깨닫는다. 이상한 말이지만 실로 그렇다.

이야기를 만드는 사람들 중에 나도 있다. 내가 등장하지 않는 나의 이야기 속에서 나는 가장 정직하게 사랑에 대해 말할 수 있다. 이것도 사실은 조금 이상한 이야기지만.

얼굴조차 생각나지 않는 사람들의 지나간 선의가 나를 울리는 것은, 그것이 상기하고 싶지 않았던 나의 무능을 일깨우기 때문이다. 내가 아주 약한 사람이라는 것을 극미량의 사랑으로도 깨달을 수 있다. 매번 그렇게 된다.

그렇지만 마지막으로는 이렇게 말할 것이다. 사랑에만큼은 우리 모두 소질이 있다. 우리 모두, 라고 말함으로써 무력한 나를 우회하여 희미한 사랑에 이른다.

이상하게도 이 생각을 하면 조금 강해지는 것 같다.

2020년 8월
박서련

여행 말고는 할 수 있는 게 아무것도 없었던 시절이 있었다. 말이 좋아 여행이지 실은 떠돌이 개처럼 마음 둘 곳을 찾지 못해 이리저리 헤매고 다니던 고독의 나날이었다. 언제쯤이면 확실한 내 자리를 찾게 될까? 그날이 오면 정말 꿈꾸던 내가 될 수 있을까? 끝없이 솟구치는 불안과 두려움을 홀로 끌어안고 배회하던 젊은 날, 나도 설희처럼 홀쩍 호주로 떠났다. 생전 처음 보는 낯선 풍경과 사람들 속에 연신 나를 밀어넣으며 어떤 놀라운 일이 벌어지기만을 기다렸다. 어떤 기적적인 사건이 일어나 이 막막한 생에서 건져지기를, 그렇게 나의 진짜 인생이 시작되기만을 기다리고 또 기다렸다. 그래서 어떻게 됐느냐고? 물론 아무 일도 일어나지 않았다. 그저 예정보다 일찍 돌아왔고, 아무것도 이루지 못한 창피하고 실망스러운 여행은 하루 빨리 잊기로 마음먹었을 따름이다.

『더 설리 클럽』은 그때 그 여행길 위에 나를 다시 올려놓는다. 한없이 외롭고 작았던 나로 돌아가 그 어렵고 막막했던 순간들을 다시 살아 내게끔 부추긴다. 설희와 같이 공장에서 일하며 피부색이 다른 친구들을 만나 보도록, 이름이 같은 할머니들을 부지런히 쫓아다니면서 완전히 다른 역사를 살아온 누군가에게 마음을 내어주도록 만든다. 오래전 서툴게 써 내려가다 지레 겁먹고 포기한 나의 여행기가 그녀의 이야기 안에서 비로소 완성되었음을 느낀다. 상상만 해 오던 꿈이 드디어 이뤄진 것이다.

이 놀라운 여정의 끝에 도달할 수밖에 없는 단 하나의 목적지가 있음을 이제는 안다. 우리가 왜 이 여행을 시작할 수밖에 없었는지, 우리가 그토록 기다린 기적은 대체 무엇이었는지 이제는 알고 있다. 결국, 어쩔 수 없이, 사랑이다. 나와 같은 이름을 가졌지만 나와는 전혀 다른 모습을 한 수많은 인생을 만나는 것. 그들과 깊이 얽히고 부딪히면서 마침내 서로를 고스란히 품에 안는 경험. 이 여행이 계속되는 동안, 부디 설리 할머니의 편지처럼 "우리가 사랑하고 우리를 사랑해 주는 사람들 안에서 우리가 되는" 매일을 살 수 있기를. 그리고 언젠가는 꼭 보라색 목소리를 가진 누군가와 사랑에 빠져

끝내 그에게 도달할 수 있기를 새롭게 꿈꾼다.

— 윤가은(영화감독)

  이름은 이름으로 기억됩니다. 생명이 태어나기 전부터 사
람들은 태명을 짓고 곧이어 지어진 본명으로 불리며 일생을
살아갑니다. 아울러 그 생명의 불이 꺼졌을 때에도 이름은 누
군가에 의해 불려집니다. 어떤 문자는 사람의 이름으로 붙여
지는 것이 금기시되어 슬프고 또 어떤 사람은 하나의 정해진
이름으로 불리는 일을 슬퍼하기도 합니다.
  저는 이러한 사람이나 사물의 이름을 반복해서 발음해 볼
때가 있습니다. 그러다 보면 점점 낯설어지는 때가 있고, 반대
로 어쩌면 이렇게 딱 맞는 이름이 붙게 되었을까 하고 감탄
을 하게 될 때도 있습니다. 이 소설에 등장하는 설희와 수많
은 셜리(Shirley)들도 그렇습니다. "설희로 살기랑 셜리로 살기
가 그렇게 다르진 않은" 까닭은 대부분의 우리가 스스로의 의
지와는 관계없이 시작된 이름으로 힘내어 살아가야 하기 때
문일 것이고 그보다 더 큰 힘을 내어 누군가를 사랑하기 때
문일 것입니다. 또 다른 이름으로 살아가는 "그 사람을 완성
해 줄" 사랑 말이지요.

『더 셜리 클럽』을 읽는 것은 이름 하나를 새로 얻는 일 같습니다. 아울러 나와 똑같은 이름으로 살아가면서 다른 기쁨과 같은 슬픔을 느낄 사람들을 만나는 일이기도 합니다. 그렇게, 셜리는 셜리로, 우리는 우리 각자의 이름으로 함께 기억될 것입니다.

— 박준(시인)

오늘의
젊은 작가
29

더 셜리 클럽

박서련 장편소설

1판 1쇄 펴냄 2020년 8월 21일
1판 12쇄 펴냄 2024년 6월 5일

지은이 박서련
발행인 박근섭·박상준
펴낸곳 (주)민음사

출판등록 1966. 5. 19. 제16-490호
주소   서울시 강남구 도산대로1길 62(신사동)
          강남출판문화센터 5층(06027)
대표전화 02-515-2000 | 팩시밀리 02-515-2007
홈페이지 www.minumsa.com

ⓒ 박서련, 2020. Printed in Seoul, Korea

ISBN 978-89-374-7329-6 (04810)
ISBN 978-89-374-7300-5 (세트)